바오밥나무의 학교

• 이 도서의 국립중앙도서관 출판시도서목록(CIP)은 서지정보유통지원시스템 홈페이지(http://seoji.nl.go.kr)와 국가자료공동목록시스템(http://www.nl.go.kr/kolisnet)에서 이용하실 수 있습니다. (CIP제어번호: CIP2017013310)

바오밥 나무의 학교

윤후명 소/설/

은행나무

차례

섬 혹은 별

떠나야 할 것인가.

배가 떠날 때가 되어서야 갑자기 망설임이 살아났다. 나는 뒤돌아보았다. 분명히 어떤 충동으로 섬을 떠나야겠다고 갑자기 결심했었다. 그래서 부랴부랴 짐을 싸들고 말았던 것이다. 섬이란 늘 비현실적인 충동을 일으키는 곳이라는 생각이 들었다. 아니, 섬 자체가 바다의 충동으로 올연히, 환상처럼 돌출한 땅 같았다. 어서 떠나지 않으면 안 된다. 세계를 돌아다니다가 섬에 도착했으나 그곳에 있는 한 나는 출렁거렸다. 환상이란 위험한 것이었다. 떠나지 않으면 안 된다. 그러자 한시가 급했다. 조금이라도 머뭇거리다간 못 돌아갈 것이며, 자칫 붙잡혀 주저앉게 될지도 모른다. 나는 내 못된 성향을 잘 알고 있었다.

친구를 만나 섬에 올 때까지만 해도 나는 나 자신의 모든 것을 정리하여 되돌아볼 기회로 삼으리라 했었다. 항상 나를 이끌어온 친구였다. 내가 진로를 걱정할 때, 그는 먼저 새로운 길을 택함으로써 나를 이끌었다. 외국으로 일거리를 찾아 먼저 떠난 것도 그였고, 머뭇머뭇거리던 나는 어느 결에 그의 길을 따라서 떠났었다. 내가 돌아오자 그는 섬에서 나를 기다리고 있었다.

"여기 와서 앞으로 뭘 할지 생각해보자구."

섬은 여러 산업체들이 들어서면서 한적한 시골에서 기회의 땅으로 변하고 있다고 그는 말했다. 그러나 이제는 그를 뒤따라 어떤 기회를 얻으려는 뜻은 내게 없었다. 섬이란 너 홀로 살아가라는 의지를 가르치는 표상으로 나는 받아들였다. 아무리 넓은 대륙, 아무리 넓은 대양이 있더라도 나는 스스로에게로 돌아와야 한다.

사실 뭘 할 것인가 생각해보지 않더라도 나는 그를 만나야 했다. 차일피일 미루며 전화로 안부나 전할 사이가 아니었다. 그리고 섬이라는 나를 데려가는 것만으로도 치유를 불러올 수 있을 것 같았다. 어디가 어떻다는 게 아니라 나는 건강하게 새로 태어나고 싶었다. 어떻게? 막막했다. 나는 나만의 공간을 원했다. 그리고 오랫동안 손대지 않았던 시 몇 줄을 써도 좋을 듯싶었다. 섬이 시의 공간이 될 수 있을까. 나는 섬으로 향하는 동안 그 생각만으로 내 머리를 채우고 싶었다. 시는 내 생각의 가장 작은 단위를 나타내는 생태계였다. 그래서 만들어낸 공식이 '섬=시'였다. 아름답고 외로운 공식이어서 나는 나만이 간직할 수 있다고 만족했다.

섬=시.

그런데 나는 왜 갑자기 떠나려는 것일까. 시 한 편 쓰지 않고, 더군다나 간단하나마 그곳 아이들에게 해주어야 할 일도 남아 있었다. 아이들에게 마지막으로 무슨 이야기인가를 들려주기로 했던 것이다. 담당자는 '교양 강좌'로 잡혀 있는 시간이라고 했다. 문학과 연관된 이야기가 좋겠다는 것이었다. 내가 어렵다는 반응을 보이자, 정 어렵다면 노래나 놀이로 대부분 시간을 때울 수도 있기는 있으니 너무 걱정하지 말라고 담당자는 달래기도 했다.

배가 닿고 떠나는 선창가에 서니 어느덧 섬은 또 다른 배처럼 여겨졌다. 나는 지금까지의 배에서 다른 쪽배를 타고 미지의 세계로 가려는 것이었다. 나는 어서 배를 타고 떠나겠다는 충동에 못 이겨 문학 이야기고 뭐고 뒷전인 채 짐을 챙겼던 것이다. 충동에 못 이겨 많은 일을 그르치며 살아온 인생이었다. 나는 이번 충동만 지나면 새사람이 되어 전혀 다른 인간이 되리라 다짐했다. 배를 탄다는 것은 모든 충동을 거두고 새로운 삶을 위한 행동이었다. 어려서부터 먼 항해를 꿈꾸어온 까닭도 그것이었다. 신드바드처럼, 콜럼버스처럼, 마젤란처럼 나는 먼 바다를 꿈꾸었다. 자이로스코프가 없던 시절에 북극성을 바라보며 물결을 헤쳐 가는 배에 올라탄 나의 모습도 그려졌다. 그러나 나는 여전히 사족(四足)을 서울 바닥에 붙이고 지금 서촌 골목을 오갈 뿐이었다.

생각이 북극성에 이르러 나는 또 하나의 공식에 접근할 수 있었다. 그것은 섬 또한 별이라는 '섬=별'의 공식이었다. 그러니까 '섬=시, 섬=별'이었다. 그 섬에 올 때, 별을 바라보고 항해하는 나를 느끼기를 바랐던가 혹은 이미 느끼고 있지 않았던가. 그래서 다른 교통편이 아닌 배편을 굳이 택하지 않았던가. 면밀히 들여다보면 틀림없이 그 구석 어디에 별을 바라보고 먼 바다로 나아가는 내 몸짓이 있었다. 지금은 퇴화해버려서 흔적만 겨우 짐작되는 신체기관 속에 가령 충수(蟲垂) 같은

게 있어서 그걸 환지통처럼 감지하고 있다면, 그건 별을 바라
보는 눈길이었을 것이다.

섬을 떠나 어디로 갈 것인가.

바다에는 배들이 떠 있었다. 섬에 닿는 배도, 섬을 떠나는
배도 있었다. 그 안에 한때 《백경》의 주인공처럼 포경선을 타
고 세계를 헤매는 나의 대역도 있을 듯싶었다. 로드 짐처럼 모
험하는 주인공도 떠올랐다. 그러나 나는 고단한 내 삶을 짊어
지고 바닷가에 서 있는 이름 없는 '행인 A'의 대역이었다. 나는
더 이상의 다른 어떤 대역도 찾지 못하고 한 마리 게처럼 바닷
가에 있을 따름이었다.

그러나 '섬=별'의 공식이 과연 성립한다면 나는 그냥 무의
미한 바닷가에 나와 있는 게 아니었다. 나는 누군가 바라보고
먼 바다를 헤쳐 올 그 빛을 뿜는 바로 그 별에 있는 것이었다.

아.

나는 비로소 바다를 다시 보았다. 바닷가에 선다는 것은 삶
을 가늠한다는 것이었다. 그러므로 많은 사람들이 바다로 가
는 것이었다. 그래서 삶을 얻으려는 것이었다. 나는 작은 파도
가 밀려오는 바닷가에 서서 새로운 별인 섬을 다시 받아들이
고 있었다.

적도에서 오다

적도(赤道) 지방에서 돌아왔을 때, 내 정신은 단지 몽롱하다는 그것이었다. 다만 한 가지, 한 여자를 찾아야 한다는 강박관념만이 나를 사로잡고 있었다. 그러나 나는 알고 있었다. 그 여자는 이 세상에 없었다. 돌아오기 얼마 전, 열대의 폭염 아래 하루의 일을 끝내고 숙소로 돌아와 그 내용의 편지를 읽었었다. 나는 몇몇과 어울려 캠프 바깥의 '서울관'에서 술을 마실 약속을 했었으므로 곧 편지를 바지 주머니에 쑤셔 넣고 열대의 밤을 향해 나갔었다. 그녀가 서울에서 내 연인이었다고, 나는 기억했다.

적도? 그 무렵 많은 사람들이 외국으로 돈벌이를 나갔으나, 적도라고 부르는 곳은 아니었다. 나 역시 정확히 따지면 적도

보다는 위쪽에 있는 현장이었다. 게다가 홍보요원이라는 어중간한 직책으로 이것저것 잡일까지 맡을 수밖에 없는 게 우리 현실이었다. 그리고 그녀와의 관계도 이제는 청산해야 한다는 그런 시점에서 나는 떠나고 만 것이었다. 그녀가 내게 남긴 것이라곤 아무것도 없었다. 유해는 화장을 했다고 했다.

"이제 뭘 할 거야?"

만나는 친구들은 내가 돌아왔음을 축하해주었다. 나는 촉탁이라는 직위를 가지고 갔으므로 다시 일거리를 구해야 했다. 그러나 나는 몇 날 며칠을 빈둥거리기만 했다. 확실한 계획은 없었다. 우선은 나를 적도의 직장에 소개해준 친구를 찾아보는 게 순서이기는 했다. 그가 남해안의 섬으로 파견 근무를 나가 있어서 내 빈둥거림을 허락해주었다고나 할 것이었다.

그 섬은 바로 내가 한때 사랑했던 여자가 동경하던 섬이기도 했다. 며칠 빈둥거리던 나는 이제는 그녀가 이 세상에 없다는 사실을 상기하고 퍼뜩 놀라지 않을 수 없었다. 분명히 알고 있었음에도 불구하고 나는 먼 사실처럼 받아들이고 있었다. 그 사실마저 놀라운 일이었다. 그녀가 나와 사귈 때 그 섬에 대해 늘 동경을 품고 있었던 일을 떠올린 것도 계기라면 계기일까. 어쩌면 나는 아직도 지구 저쪽에 있다고 느끼고 있었던 것일까.

그리하여 나는 서울을 떠났다.

"어. 누구? 이게 웬일이야?"

섬에 도착해서야 비로소 전화를 걸자 친구는 놀라면서도 반가워하는 눈치가 역력했다.

"웬일이긴 심심해서 니 얼굴이나 볼려구 왔지?"

"그 아프리카 땅에서?"

그와는 대학 동창인 우리는 어느새 삼 년도 넘게 서로 만나지 못한 사이였다. 그는 아무튼 반갑고 감격스럽다면서 내 적도 이야기를 밤새워 들어보자고 말했다. 그리고 내가 있는 위치를 듣더니 그 옆 카페를 가르쳐주었다.

"제대로 찾아왔구나. 조금만 기다려, 곧 점심시간이니깐. 내 달려나갈게."

삼 년을 못 만나기는 했어도 그와 나는 조금도 격의가 없었다. 나는 자리에 앉아서 아이스 커피를 한 잔 시켰다. 열두 시를 넘어 있는 것으로 봐서 점심시간은 열두 시 삼십 분부터인 모양이었다. 십오 분쯤이 남아 있었다. 갑자기 피로가 엄습해 왔다. 이렇게 카페에서 한가하게 누구를 기다려본 것도 무척 오랜만의 일이라는 생각이 들었다. 내가 왜 그를 만나러 여기까지 왔을까. 아니다. 그를 만나러 온 것은 분명히 아니었다.

아무도 만나러 온 것이 아니었다. 지난 얼마 동안의 내 행적이 모두가 꿈속에서 일어난 일 같았다. 나는 카페의 의자에 몸을 던지고 앉아 있는 나를 휘둘러보았다.

섬으로 간다
나에게로 간다

나는 언젠가 써놓았던 한 구절을 생각해냈다. 그렇게 썼을 때, 섬으로 간다는 것은 나를 찾아간다는 뜻이었다. 섬이란 나 자신이었다. 그래서 나는 섬으로 갈 때면 나도 모르게 옷깃을 여민다.

한때는 섬 대신에 오징어잡이배를 탈 수 있을까 하여 동해안의 항구를 맴돌았었다. 왜 하필이면 오징어잡이배를? 오징어잡이배는 주민등록증만 내보이면 아무런 절차 없이 승선할 수 있다는 말을 어디선가 주워듣고서였다. 당장 얼마간 먹고, 잘 만한 푼돈이 없어서도 아니었다. 내 수중에는 아껴 쓰면 적어도 이삼 개월은 너끈히 쓸 돈이 '꼬불쳐져' 있었다. 그러나 나는 어디론가 가서 무엇인가 일을 하지 않으면 안 되었다. 그러나 그것도 꼭히 일 때문만은 아니었다고 말하지 않으면 안 된다.

바다로 나가자! 주민등록증 한 장만 주머니에 있으면 태워 준다는 배를 타자! 독도를 지나서 대화퇴라는 바다까지 간다 는 그 배를 타자!

배 위에 양쪽으로 빨랫줄처럼 드리워진 줄에 두레박만 한 백열등을 열몇 개씩 달고 '유자망 어업'의 허가 표지를 붙인 배들 주위를 나는 맴돌았다. 헛일이었다. 오는 날이 장날이라 고 오징어잡이의 '유자망 어업'은 흉어가 계속되어 배조차 뜨 지 않았다. 그 며칠 동안 오징어는 배에서 잡은 즉시 회를 쳐 먹는 맛이 제일이라는, 쓸잘데없는 지식만 얻어들었을 뿐 헛 되이 맴돌기만 했다. 다만 한 가지, 이런 가운데 엉뚱하게 〈오 징어뼈〉라는 시가 떠오르곤 해서 어리둥절했다는 사실을 밝 히고 넘어가기로 한다. 오래전에 노벨문학상을 수상한 작가의 시였다고 기억되는 〈오징어뼈〉는 내용은 캄캄할 뿐 제목만 내 게 남아 있었다. 황폐한 삶의 허무를 딛고 새로운 창조의 기미 를 엿보려는 의미가 담긴 시라든가, 하는 해설이 붙어 있었던 것 같기는 했다. 이 처지에 시는 뭐 말라죽을 시인가 하고 나 는 씁쓸하게 고소하지 않을 수 없었다. 어이없는 노릇이었다. 오징어잡이 배라면 어렸을 적에 상처에 갈아 붙이던 오징어 뼈의 기억으로 족했다. 뼈오징어의 몸통에서 꺼낸 그 갸름하고 가운데가 통통한 뼈는 할머니가 노끈으로 꿰어 매달아 말린 것이었다. 나는 엉뚱한 오징어뼈의 모습에 사로잡혀서 잠깐 동안이나마 회상 속을 헤맸다.

"야, 이게 얼마 만이냐? 지금 도착하는 길이냐?"

그가 나타나 어깨를 쳤다.

"이제 막 도착했어. 넌 여전하구나."

나는 그를 향해 웃어주었다.

"잘 왔어. 차 마셨어?"

"응."

"그럼 여기서 우선 나가자구. 점심도 먹어야 되니깐. 점심은 안 했겠지?"

"아무렴. 얻어먹어야지."

그가 앞서 나가면서 내가 마신 찻값을 계산했다. 바깥에 나오자 후텁지근한 바람이 눅눅하게 불어왔다. 나는 그가 가는 방향으로 따라갔다.

"오늘은 그래도 덜 더워 살 것 같다. 차를 가져왔어."

그가 검은색의 승용차 앞에 가서 열쇠를 꺼내 차 문의 열쇠구멍에 끼웠다. 시동이 걸린 차는 해안통을 벗어나 달리기 시작했다.

"어딜 가는 거지?"

"점심 하러. 처음 왔으니까 드라이브도 할 겸."

"회사 일은 어쩌구?"

"좀 늦겠다구 얘기해놨어. 너, 나 용의주도한 거 몰라서 그러냐?"

"알았어, 알았어."

차가 멎은 곳은 아까의 카페가 있던 곳에서 반대쪽인 비교적 한산한 또 다른 바닷가의 횟집 앞이었다.

"이 지역은 소위 청정지역이라고 해. 바닷물이 깨끗해서 생선회가 유명하지. 일제 때 여기서 나는 생선을 가시이 고기라고 했다는데 말야, 일본 사람들은 지금도 가시이 고기를 찾는다는군. 가시이란 여기 큰 어장을 갖고 있던 사람 이름인데 그게 무슨 생선 대명사처럼 되었단 말이지."

그는 내가 들어도 그만 안 들어도 그만이라는 듯 말하면서 바다가 잘 내다보이는 가장자리 창가에 가서 앉았다. 바다가 잘 내다보인다고 해야 그쪽 바다는 좁은 모래사장에 미역 줄기가 너저분하게 널려 있었고 여러 횟집에서 흘러나오는 하수로 곳곳이 질펀했다.

"여기 생활에 그럭저럭 맛을 들인 모양이군."

"맛을 들이긴, 낙이 없어."

"그래도 얼굴은 좋아 보이는데?"

"바닷바람에 타서겠지. 처음 여기 오면 육 개월이 어렵다고 그래. 괜히 여기까지 왔구나, 내 인생이 잘못된 것은 아닐까 하고 회의한다는 거지. 실제로 떠나는 사람이 많아. 일 년이 지나야 자리를 잡는다고 해. 정들면 고향이라는 말 있잖아. 어쩌다 보니 난 벌써 삼 년이야, 삼 년."

그가 남방셔츠 주머니에서 담배를 꺼내 입에 물었다.

"정들면 고향이군."

"그런데 정이 안 들어. 이눔으덴 온통 날라리판이라니까. 자, 그 얘긴 나중에 하고."

그는 마침 종업원 소녀가 가져다놓은 물수건으로 손과 얼굴을 닦으며 내 의사도 묻지 않고 정식 일인분과 생선회 일인분에 공깃밥 하나를 별도로 시키고 나서 나를 쳐다보았다.

"덥긴 하지만 소주도 한 병 할까? 넌 소주파잖아."

그는 묻지 않아도 되는 말을 묻는다는 투였다.

"낮에 어떨까 싶긴 한데. 그러자구."

나는 선선히 응했다. 서울에 있을 때도 우리는 만나기만 하면 여름이고 겨울이고 가리지 않고 소주를 퍼마셔댔었다. 게

다가 나는 밥 생각이 전혀 없었다.

"그래 그렇게 줘."

그의 주문에 따라 소녀가 고개를 까딱하고는 물러갔다. 테이블이 꽤 여럿 되는 홀 안은 점심시간이라고 해도 우리 말고는 손님이 한 군데밖에 없었다. 밥집이라기보다는 술집이어서 그런 듯했다. 언젠가 이맘때쯤 우리는 동해남부선의 열차를 타고 있었던 적도 있었다. 수시로 다니는 버스 편이 있었으나 그 열차를 탄 것은 장식적인 의미였다. 그때 휴가에 맞춰 동해남부선 열차를 꼭 타자는 제안은 누구에게서 비롯되었는지 모를 일이었다. 나는 동쪽 해안으로 푸른등생선같이 푸른 바닷물이 항상 출렁거리고 있음을 알고 있었다. 내가 과거에 타본 열차 가운데서 다시 타보고 싶은 열차는 수인선의 협궤열차와 동해남부선의 해안열차밖에 없다고 나는 생각했다. 땅거미가 질 무렵, 보랏빛으로 저물어가는 텅 빈 염전 옆을 달리는 열차는 우리의 삶이 저물녘까지 그렇게 같이 갈 수 있기를 얼마나 바라게 했으며, 달빛 아래 희게 부서지는 파도를 굽어보며 달리는 동해남부선 열차는 또 얼마나 우리의 꿈을 가까이 출렁이게 했던가. 만약 과거에 겪었던 가장 아름다운 장소를 일일이 순례하고 홀연히 이 세상에서 사라지려 하는 사람이 있다면 그런 사람과 동행하고 싶다는 충동에 사로잡힌 것은 어떻게 설명해야 할까.

"거기서는 어땠어?"

그는 무더운 낯선 땅에서 벌어먹는 게 다 그렇지, 하는 투로 묻고 있었다. 흔히 '열사(熱沙)의 땅'이라고 하는 그 언저리에서의 직장 생활을 말하자면 그는 내게는 대선배였다. 우리는 함께 조금 웃음을 띠었다. 그렇게밖에 아무 말도 하고 싶지 않았다. 그에게, 한낮의 횟집에서, 내 생활의 여러 가지 어긋남을 이야기하면서, 삶의 좌절을 이야기하면서 초점 흐린 눈동자를 짐짓 공허하게 굴려 보이고 싶지 않았다. 벌써 삼십삼 세야…… 어쩌고 어쭙잖은 소리를 늘어놓고 싶지 않았다.

"바오밥나무를 봤지."

나는 큰 경험이라도 되는 양 말했다.

"그걸 먼저 본 건 나겠지."

"그야."

그것이 우리가 '열사의 땅'에서 앞서거니 뒤서거니 살아온 날들의 결론에 해당하는 대화였다. 일하는 아낙네가 밑반찬 그릇부터 가져다놓기 시작했다. 나는 내 인생에 대해서 무슨 생각을, 명확한 판단을 가져야겠다는 뜻을 말하고 싶었다. 그래서 불쑥 나온 것이 바오밥나무였다. 조금도 과장되거나 헛된 것이 아니었다. 죽음에 이르는 길이 그 가장 명확한 판단의 결과로 제시된다면? 그 방법도 모색해야 한다고까지 나는 생각하고 있었다. 하지만 이런 말은 좀 섣부른 표현의 범주에 들 것이다. 말했듯이, 아직 모든 것은 캄캄한 미지의 세계에 속해 있었다. 다행하게도.

"이걸 먼저 먹어봐. 이렇게 해서 살을 발라내."

그가 삶은 바닷가재의 등을 꺾어 껍질을 조심스럽게 벗겨냈다. 나는 술잔에 먼저 술을 따라놓고 나서 그가 하는 대로 바닷가재 한 마리를 집어 들고 따라 했다. 껍질의 가장자리가 생각보다 날카로워서 손을 콕콕 찔렀다.

"며칠 낚시나 해봐. 내 낚싯대 빌려줄 테니까."

"그러지. 오징어도 낚이나?"

나는 지나온 동해안의 일이 떠올라서 장난스레 물었다.

"오징어? 왜 차라리 고랠 낚아보시지 않구."

"그럴까?"

그와 나는 뜻 없이 마주 보고 웃었다. 그는 나에게는 늘 건강한 친구였다. 그와 나와의 관계에 있어서 그는 이상하리만큼 내게 베풀려고 하는 입장을 견지해왔었다.

"신문 봤어? 얼마 전에 고래가 동해안으로 기어들었는데 말야. 물론 밤이었지. 해안을 지키던 병사에게 발견돼 사살됐다는 거야. 영락없이 잠수복을 입고 침투하는 괴한이었겠지. 여기라구 고래가 오지 말란 법은 없지……"

그의 말을 들으며 나는 외국의 어느 바닷가에 고래가 떼를 지어 올라와 죽는다는 텔레비전 보도를 본 기억이 되살아났다. 자연보호론자들이 갖은 방법으로 그 고래들을 바다로 되돌려 보내도 기어코 다시 돌아와 모래층에 얹힌 채로 죽어간다는 것이었다. 그 원인이 무엇인지는 판명되지 않았다고 했다.

"자, 건배부터 하자."

내가 먼저 잔을 들었다.

"고래를 위하여!"

우리는 술잔을 가볍게 마주쳤다. 내가 처한 상황을 조금도 알지 못하는 친구가, 그것도 친한 친구가 있다는 사실이 모처럼 만에 내게 행복감을 주었다. 그래서인지 술맛도 모처럼 만에 달았다. 나는 술잔을 핥다시피 하면서 두 잔을 연거푸 마셨다. 배 속이 찌르르했다.

"사실은……"

"순간 그렇게 말을 꺼냈지만, 무슨 말을 하려고 '사실은' 따위의 과장된 허두를 꺼냈을까 후회가 되었다. 나는 무슨 말을 하려고 했을까. 그가 나를 쳐다보았다.

"사실은 얼마 동안 나비 채집이나 뭐 그런 걸 하고 싶은 심정이야."

터무니없는 말이었다.

"나비?"

"응, 나비."

나 스스로도 의아한 말이었으므로 그의 눈이 의아하게 둥그레진 것은 무리가 아니었다.

"날아다니는 나비란 말이지?"

"그래, 훨훨 나비."

우리가 어떤 말을 하든 거기에는 말하는 사람의 심적 상태가 투영되는 것이라면, 나로 하여금 그렇게 단호하게 말하게끔 하는 어떤 근거가 분명히 있어야 했다. 아마도 있을 것이었다. 예전부터 나비 채집은 실제 이상의 상징적 의미가 가미되어 있는 느낌이기는 했다. 그러나 내게 나비 채집이란 어림도 없는 일이었다.

"너 석주명(石宙明)이 되겠다는 거니, 아니면 〈콜렉터〉의 주인공이 되겠다는 거니?"

그가 갑자기 키득거렸다. 그러자 나비들이 어디론가 순식간에 사라져버렸다. 나비는 어떤 죽은 사람의 혼령이라고 하는 신화가 있었다는 생각이 얼핏 들었다가 사라진 것도 그때였다. 키득, 키득, 키득, 키득, 그의 웃음소리에 나비들도 키득, 키득, 키득, 키득 날개 소리를 내며 날아가는 것 같았다. 나는 또 한 잔의 술을 마셨다.

"제2의 석주명이 돼서 나비 따라 전국을 못 헤맬 것도 없지. 〈콜렉터〉의 주인공이 돼서 여자를 납치하지 못할 것도 없지."

나는 맥 빠진 소리로 중얼거렸다.

"넌 가끔 엉뚱해. 아서라, 차라리 니가 제정신이라면 처녀들 채집인지 납치인지 하는 게 낫겠다."

"아니면……"

"뭐 또 다른 게 있니?"

그는 내 말을 완전히 농담으로 듣고 있었다. 그럼에도 불구하고 나는 또 무슨 '엉뚱한' 말을 하려고 하는 것일까.

"아니면…… 이순신(李舜臣)……"

나는 분명히 이순신이라고 말했다. 그는 나비에서 느닷없이 장군 이순신의 이름이 등장하자 어리둥절한 표정을 지었다.

"나비 아니면 이순신?"

"난 지금 나비와 상대 개념으로 이순신을 얘기하는 게 아냐. 여기까지 오면서 줄곧 그걸 생각했지. 여기가 이순신 장군의 유적지인 걸 니가 모르진 않겠지? 이왕 여기서 얼마를 지내자면 그럴듯한 소일거리가 뭐 있어야겠다고⋯⋯"

"소일거리치고는 휘황찬란, 고색창연하구나. 그래, 이순신이 어쨌다는 거야?"

"이순신 장군의 유적을 샅샅이 더듬어 이곳에서의 행적만이라도 구체적으로 살펴보자는 거지."

"박정희 시대도 갔다고 여겨지는데⋯⋯"

그는 내가 그렇듯이 내 생각의 변두리를 맴돌고 있었다. 나는 진땀이 났다.

"박정희하고 이순신하고 무슨 상관이 있니? 난 학문하는 사람의 양심으로 이순신을 찾는 거야. 내가 진홍섭 교수한테서 고고학을, 황수영 교수한테서 한국 미술사를, 민영규 교수한테서 동양 중세사를 배웠다는 거 기억날 거다."

"뭐? 진홍섭 교수, 황수영 교수, 민영규 교수?"

그가 빙긋이 웃음을 띠었다. 그와 함께 우리는 서로의 잔을 들어 다시 부딪쳤다.

"건배!"

한 병의 술은 이미 바닥이 나고 있었다.

"고고학 시간엔 움집에 대해 배웠고, 한국 미술사 시간엔 연가명(延嘉銘) 고구려 불상에 대해서 배웠지. 동양 중세사에선 구마라습(鳩摩羅什)……"

그가 그 시절이 그립다는 듯 술기운 어린 목소리로 중얼거렸다. 나는 그가 그 시간들을 선명하게 기억하는 데 놀랐다. 그가 말을 이었다.

"선생은 구마라습을 베드로에 비유했지. 아니, 그전까지의 불교가 벽돌이라면 그 벽돌로 중국 불교사상에 성베드로 성당을 지은 사람이라고 했던가…… 서역의 구자국(龜玆國)에서 태어나 중국으로 잡혀 와서…… 그런데 이순신은 그 강의들의 어디에 붙니?"

"이순신이 붙긴 어디 붙어. 이순신은 이순신 그 자체야. 세계 해전 역사상……"

나는 입을 다물었다. 문제는 나비도 이순신도 관심을 기울일 만한 여력이 없으면서 그런 말을 지껄이고 있는 내게 있었다. 나비나 이순신이 어찌되었든 내게 닥친 문제를 먼저 해결하지 않으면 안 되었다. 다른 모든 것들은 나를 위장하기 위한 얄팍한 수작에 지나지 않았다. 어렸을 때 삶과 죽음의 문제를 해결하지 못한 나는 뒷날로 미루어두었었다. 나이를 먹으면 해답이 나오는 것일 게다. 그러기에 수많은 사람들이 묵묵히 늙어가고 있는 것일 게다. 이렇게 미루어두었던 것이므로 여전히 처음 그대로의 문제였다. 나비든 이순신이든 어쨌든 그 이야기를 통해서 나는 하루 이틀이 아니라 꽤 여러 날 동안 머무를 것임을 그에게 충분히 설명한 셈이었다. 적도에서 돌아온 나는 섬에 마땅한 방이 필요했다. 어느덧 그도 그것을 간파하고 있는 듯했다.

"알아볼 만한 곳이 있으니까 한번 가보자. 지금."

그가 앞장을 섰다.

그 집은 아름다웠다. 제주도에서 볼 수 있듯이 아열대성의 식물들이 싱싱하게 자란 숲 속에 아늑하게 들어앉은 하얀 집. 나는 그 집이라고, 한 채의 집만을 여태껏 말하고 있는 것이지만, 정확하게 말하면 실은 그렇지가 않다. 그 집은 그 집을 중심으로 몇 채의 건물을 거느리고 있었는데, 단층짜리 건물들은 나무 숲 속에 파묻혀 눈에 띄지 않을 뿐인 것이었다. 그래도 그 집 말고 그 아래쪽 옆으로 또 한 채의 흰 건물이 눈에 들어왔다. 사무실로 쓰는 건물이었다. 이 집들이 비탈을 끼고 층

층이 지어져 있는 것이었다. 그 집들은 아름다웠다. 하지만 처음 그 비탈의 집들 사이로 난 길을 이리저리 밟고 올라가 마침내 그 집, 여태껏 말한 그 한 채의 집 앞에 이르러 문득 아래쪽을 내려다보았을 때, 그 풍경은 놀랄 만큼 아름다웠다. 비길 데 없는 아름다움이었다. 아, 하고 나는 짧은 탄성을 지르며 나도 모르게 심호흡을 했다. 아니, 심호흡을 하지 못하고 잠시 숨쉬기조차 멈추었던 듯도 싶다. 숲 사이로 하프처럼 둥글고 깊게 흰 바다가 내려다보였다. 항구였다. 그곳이 항구라는 것을 왜 몰랐을까만, 한눈에 내려다보임으로써 항구는 전모를 보여주었고 비로소 항구로서 완성되었다. 하프는 현을 가지런히 한 채 햇빛에 반짝이고 있었고 그 안에 갇혀 있는 공기—실은 물—는 평화와 긴장을 동시에 간직한 듯 아주 미세하게 움직이고 있었다. 물결은 잔잔했다. 하프가 조여지는 양쪽 오목 부분 쪽은 볼록 부분에 서 있는 등대가 만곡(彎曲)의 안쪽에 평화와 긴장을 유지시켜주는 쐐기나사 같기도 했다. 등대를 돌아서 먼 바다로 나아가는 작은 동력선들이 보였다. 그리고 무엇보다도, 손쉽게 표현하자면 에메랄드빛의 바다. 나는 항구를 내려다보았다. 알 수 없이 가슴이 설레기 시작했고, 마당 옆에 흰 철제 테이블을 중심으로 흰 철제 의자가 놓여 있었으므로,

거기에 가서 가방을 바닥에 내려놓고 앉았다. 이제까지의 방황이 마치 그곳에 와서 저 항구를 내려다보기 위한 것에 지나지 않는다는 생각이 들었다. 실제로 저 아래쪽 항구의 물 곁에 있었을 때는 전혀 느끼지 못한 감정이었다. 그곳에서는 갈매기들이, 어판장에서 버리는 생선 밸을 걷어 먹으려고 부지런히 날아다니고 있을 뿐, 별달리 눈길을 끄는 것은 없었다. 그때 문득 산호초(珊瑚礁)가 떠올랐다. 그중에서도 환초(環礁). 바다 한가운데 땅이 융기되었다가 가장자리의 산호초만 남기고 가라앉은 것. 그래서 가운데는 호수처럼 물이 고이고 바깥은 깊은 바다에 면하고 있는 가락지 모양의 섬. 다윈이 처음 발견했다고 했던가? 그러자 내가 딛고 있는 섬이 하나의 아름다운 환초로서 내게 다가왔다. 어렸을 적부터 나는 자연의 아름다움이라는 것에 대해 유난히 감흥이 없는 사람으로 자라왔다. 그런데 어찌하여 숲 사이로 내려다보이는 작은 항구가 나를 그토록 사로잡았던 것일까. 나도 모르겠다. 그런 감정은 내게는 사치에 불과했다. 나는 헤매는 도중에 그곳에 이르렀으며, 아직도 모든 것은 캄캄한 미지의 세계에 속해 있었다. 그 집은 아열대성의 식물이 싱싱하게 자라고 있는 숲 속에 아늑하게 들어앉은 집이라고 했다. 그 잔디가 잘 가꾸어진 뜰만 해도 가장자리에는 마치 앵무새 몸처럼 빨갛고 파란 빛깔에 뾰족한 머리깃을 삐친 꽃을 피운 양란들이 심어져 있었고, 또 사람 키를 훨씬 넘는 용설란들이 정말 용이 있다면 그런 혓바닥을 가졌으리라고 짐작해도 좋을 두껍고 삐죽삐죽한 다육(多肉)의 잎을 꿈틀거리고 있었다. 겨울의 바깥 날씨에도 얼어 죽지 않는 모양이었다. 나중에 돌이켜보고 나는 그곳의 식물들에서는 아름답기보다는 기괴한 느낌을 훨씬 강하게 받았음을 알 수 있었다. 그로 말미암아 일련의 기괴한 느낌들을 내 감관이 새삼스럽게 감지했던 것일까. 나는 앉아 있던 흰 철제 의자에서 일어났다. 그리고 어슬렁어슬렁 뜰을 가로질러 가서 아래쪽으로 몇 걸음 내려갔다. 왼쪽 조금 도드라진 곳으로 닭장인 듯싶은 곳이 눈에 띄었다. 나는 별 호기심도 없이 가까이 다가가 얼기설기 쳐져 있는 철망 안을 들여다보았다. 오래전부터 아무것도 기르지 않았던지 빈 헛간 같았다. 그제야 나는 철망 위에 써 붙인 빛바랜 팻말을 보았다. 글씨가 낡아 거의 읽을 수 없는 정도였으나 옛 비석을 판독하듯 한 글자, 한 글자 읽었다.

금조(琴鳥) 학명 Menura superba
참새목(目) 금조과에 속하는 새. 보통 크기는 뇌조(雷鳥)

만 하고, 수컷의 꽁지깃은 16개인데 몹시 길고 간추려
펴면 리라 또는 가야금의 현(絃) 모양임. 대개 목, 날개,
꽁지는 적갈색을 띰. 호주의 특산임.

닭을 기르던 닭장이 아니라 금조라는 전혀 상상이 안 되는
새를 기르던 새장이었다. 크기가 뇌조만 하다면 뇌조는 얼마
만 한 새일까. 수컷의 꽁지깃이 열여섯 개로서 리라 또는 가야
금의 현과 견주어진다면 리라와 가야금의 현은 각각 열여섯
개일까 하고 나는 고개를 갸우뚱거렸다. 나중에도 뇌조의 크
기는 알지 못했지만, 그리고 리라의 현이 몇 개인지는 알지 못
했지만, 가야금의 현은 열두 개였다. '가야금 열두 줄에 시름을
걸어놓고……' 하는 노래가 있었던 것이다. 호주 특산임. 호주
에는 참 이상한 동물도 많군. 나는 속으로 중얼거렸다. 날개가
없는 새라는 키위. 그 키위는 구두약 통에 그려져 널리 알려
져서 나도 잘 알고 있다. 그 보잘것없이 생긴 새를 구두약 상
표의 도안으로 사용한 것은 키위나 사람이나 날개가 없는 대
신 발이 그만큼 중요하다고 강조한 것일까. 또 새끼를 등에 업
고 나무를 기어오르는 코알라와, 세상에 느릿느릿하기로는 둘
째가라면 서러워할 나무늘보. 그리고 무엇보다도 캥거루가 있

었다. 눈도 안 뜬 새끼를 배주머니에 넣고 다니는 유대류(有袋類)라는 것부터 기상천외한 동물이었다. 미숙한 채 일단 자궁에서 박리되어 밖으로 나온 새끼는 후각으로 더듬어 배주머니 속을 찾아간다고 했다. 그러다 예전에 사귀던 여자가 가지고 있던 열쇠고리가 떠올랐다. 그 열쇠고리에는 보통 것처럼 메달이 아닌 작은 캥거루의 손이 달려 있었다. 캥거루의 앞발을 손이라고 해서 어떨는지는 몰라도 그것은 토끼처럼 작은 캥거루의 손목을 잘라 말린 것이었다. 얇은 귤껍질 같은 가죽에 흑갈색의 손톱이 뾰족했다. 얼마나 많은 캥거루의 손목이 열쇠고리를 위해 잘렸단 말인가. 호주 특산의 금조는 오래전에 죽고 금조가 놀던 자리에는 썩은 짚단과 삽이며 괭이며 삼태기 따위가 아무렇게나 던져져 있었다. 기증자 아무개는 무얼 하는 사람일까. 어떤 경로로 호주 특산의 새를 들여와 여기에 기증했으며, 새가 죽은 뒤로는 방문한 적이 없었을까. 내가 그여서 새가 죽고 없는 새장을 들여다본다면 무슨 생각이 날까. 아니, 새처럼 그도 죽었을까. 나는 대수롭지 않은 의문을 머릿속에 담고 다시 아래로 발걸음을 옮겨놓았다. 숲 사이로 길은 양쪽으로 갈라지고 있었다. 그때였다.

"악!"

괴성과 함께 누군가가 내 앞을 콱 막아섰다. 순간 가슴이 철렁 내려앉았다. 도대체 무슨 일일까. 그렇게 내 앞을 바싹 가로막은 것은 열두세 살쯤 되어 보이는 소년이었다. 그러나 그뿐이었다. 소년은 아무 일도 없었던 듯 옆으로 사라져버렸다.

간단한 사건이나마 이렇게 이야기하고 보니 먼저 설명했어야 할 가장 중요한 사항에 그만 소홀했다는 생각이 든다. 그집이 어떤 집인가. 그 분위기를 설명하기 전에 나는 먼저 그집이 무엇을 하는 집인가부터 설명했어야 했다. 그 집은, 그러니까 앞에 말한 대로 여러 채로 이루어진, 한 테두리 안의 집들은 '자애원(慈愛園)'이라고 이름 붙여진 정신장애아 수용시설이었다. '정신박약아, 정박아들을 돌보고 있단 말이지?' 내가 물었을 때, 그 집을 소개한 친구는 '정박아, 정박아 하지 마. 정박아가 아니라 장애아라구 해야 된대. 장애아는 언젠가 정상인이 될 수 있을 거라는 희망이 있다는 거지' 하고 말했었다. 밑도 끝도 없이 '악!' 소리를 지르고 사라져간 소년은 그 수용시설을 막연하게만 생각했던 내게 구체적인 각성을 주었다. 삶이란⋯⋯ 의미가 없는 삶일지라도⋯⋯ 심각한 것이다⋯⋯ 아마 이런 생각이 잠깐 스쳐간 듯도 싶다.

날씨는 개어 있었다. 그는 사무실로 올라가 총무라는 직함을 가진 중년 남자와 이야기를 나누었다. 서로 알고 있는 사이였다. 총무가 내게 던지는 눈초리는 다분히 경계하는 눈초리였다. 그러나 친구의 청을 거절할 수 없는 입장인지 볼펜으로 책상을 톡톡 두드리며 무엇인가 골똘히 재고 있었다. 나중에 들은 이야기로는 그 바로 전에 다 큰 여자 원생 하나가 실종된 지 일주일 만에 뒷숲에서 변사체로 발견된 일이 있었다고 했다. "물론 떠돌아다니는 소문이니까 사실 여부는 확인할 수 없어. 누군가 아이를 범한 뒤에……" 하고 친구가 귀띔해주었다. 총무가 얼마 동안 망설였던 것은 그런 어수선한 상황 때문이었을까.

"원장 선생님이 출타 중이셔서 한 이삼 일 지나야 오시는데 오래 계시는 건 그때 가서 정하기로 하고 우선 계시지요."

총무는 마지못한 듯 말했다. 총무가 청을 거절하지 못하는 것은 친구가 다니는 회사에 재정적으로 상당한 뒷받침을 하고 있으며 그 연락을 친구가 주로 맡고 있기 때문임을, 사무실을 나와서 나는 알 수 있었다. 그리하여 나는 항구가 바라다보이는 그 뜰에 올라가 서게 된 것이었다.

"올라가서 아주머니를 만나십시오. 전화해놓겠습니다. 원장 선생님의 언니 되십니다."

총무는 내게 그렇게 말했다.

"해줄 거니까 올라가봐. 난 회사 들어가봐야겠다. 저녁에 연락할게."

친구는 손을 들어 보이고는 차에 올라탔다.

그러니까 내가 그 뜰을 서성거리고 빈 금조 새장 앞을 오간 것은 원장의 언니라는 아주머니를 기다리는 동안의 일이었다. 그 흰 삼 층 건물의 문은 잠겨 있었고 누군가가 잠시 기다려보라고 한 때문이었다. 그 소년을 만나고 나서 뜰에 다시 돌아와서도 한참을 지난 다음에야 '아주머니'가 모습을 나타냈다. 친구와 헤어진 지 거의 한 시간은 되었으리라. 그래도 지루하지 않았던 것은 그 집의 분위기에서 내가 그만큼 긴장하고 있었다는 반증이 될 것이다. 그러는 사이에 하늘은 어느덧 비를 준비하고 있었던 모양이다. 마침내 '아주머니'가 어디선가 나타났다. 원장의 언니라고 했으나 예상과는 달리 집안 살림을 돕고 있는 노파라는 인상이었다. 나는 앉아 있던 흰 철제 의자에서 일어나 공손히 인사를 했다. 내 인사를 맞받으면서 노파는 손을 내밀어 의자에 앉으라는 시늉을 했다. 내가 앉자 노파도 앞에 마주 앉았다.

"얼마 동안 신세를 지게 됐습니다. 잘 부탁합니다."

나는 말했다. 그러나 노파와의 만남을 형식적인 인사치레로만 여긴 것이 잘못이었다. 웬일인지 노파의 얼굴은 석고처럼 굳어 있었다. 다음 순간 노파가 고개를 저었다.

"안 되겠습니다."

나는 잘못 들었나 하였다.

"네?"

"안 되겠습니다."

노파는 차갑게 끊어 말하고 있었다. 영문을 알 수가 없었다. 좀 전에 총무실에서 일은 끝났다고 낙관하고 있던 나는 당황했다. 안 된다는 그 사실보다도 완강하게 고개를 젓고 있는 노파의 태도가 더욱 나를 당황케 했다.

"왜 그렇습니까? 총무 선생님은……"

나는 사정조로 항변했다.

"총무가 그랬는지는 몰라도 이쪽은 준비가 전혀 안 돼 있습니다."

노파는 막무가내였다.

"준비라뇨?"

"방 청소도 청소고 이부자리도 그렇고 또……"

내게는 아무 문제가 안 되는 이유였다. 요컨대 방만 있으면 그만이었다.

"방만 있으면 됩니다. 저는."

나는 매달리다시피 했다. 내가 그렇게 매달린 것은, 이미 말했듯이, 내가 이곳까지 오기 위해 그토록 어처구니없이 헤매왔는가 하는 안주감을 느꼈기 때문임은 두말할 것도 없겠다. 그리고 그곳에 머물러 장애아들과 같이 생활해보고 싶었다. 어떤 의미로 나도 장애아로서 현실에 적응하지 못하고 있는지도 모른다는 생각이 의식의 저 밑에 깃들어 있었다고나 할까.

"안 되겠습니다."

노파는 똑같은 대답만을 되풀이했다. 내게는 특별히 납득될 만한 이유도 없었다. 그럼에도 불구하고 노파는 눈썹을 곤두세우고 거절하고만 있었다.

"어떻게…… 안 되겠습니까?"

"나는 안 되겠습니다."

"왜 안 되겠습니까?"

"안 되겠습니다."

노파와의 대화는 불가능했다. 노파는 무조건 나를 배척하고 있는 것이었다. 원장이 없다는 게 문제였다. 답답한 나머지 아래쪽 사무실로 뛰어내려가 보기도 했으나 그때는 총무도 보이지를 않았다. 나는 노파의 '안 되겠습니다' 소리만을 수없이 듣다가 결국 포기하는 수밖에 없었다. 나중에 노파가 평생을 홀로 떠돌고 살다가 하는 수 없이 동생에게 의탁해온 사람으로 지나친 결벽증을 가지고 있다고 듣기는 했으나, 그것만으로는 나를 거절한 이유를 찾을 수 없는 것이었다. 내가 기진맥진하여 포기할 마음을 굳혔을 때는 노파는 어느새 뜰에 앉아 풀을 뜯고 있었다. 원장이 돌아오면 정식으로 부탁하는 수밖에 별도리가 없었다. 빌어먹을. 나는 여간 부아가 나지 않았다. 아무 명백한 이유 없이 눈앞에 있는 방에 들어가지를 못하는 것이었다. 노파는 그 결벽증의 눈으로, 일찍이 떠돌며 살아온 스스로의 역정에 비추어 내 떠돎을 몸서리치도록 지겹게 바라본 것일까.

"원장 선생님 계실 때 다시 와야겠군요."

나는 조금은 가시 돋친 말투로 말하고 있었다.

"그러시지요."

노파는 의기양양하게 대답하며 힘주어 풀을 뽑았다.

"안녕히 계십시오."

"안녕히 가십시오."

아무 일도 없었던 것처럼 우리는 인사를 나누었다. 나는 가

방을 들고 뒤돌아섰다. 어떻게 된 노릇일까.

충계를 내려올 때 안개 같은 가랑비가 흩날렸다. 이런 가랑비는 거미줄에 가장 먼저 온다 하고 나는 거미줄에 맺히는 빗방울을 바라보았다. 여우가 시집을 가는가 하고 하늘을 올려다보았으나, 마른하늘은 아니었다. 하늘은 이미 낮게 드리워져 있었다.

위에서 내려다보며 보아두었던 방파제 쪽으로 발길을 옮겼다. 가까이 내려오니 항구는 역시 하프도 무엇도 아니었다. 그러기에 나중에 자초지종을 듣던 친구가 이 부분에서 '하프가 아니라 히프겠지' 하고 토를 달았어도 할 말이 없었다. 하프라고는 말했으면서도 환초라고는 견주어 말하기가 싫었다. 더 이상 내가 현실과 동떨어져 있다는 느낌을 주기 싫어서였을 것이다. 좁은 해안통은 밥집, 술집, 옷가게, 잡화점, 미용실, 다방, 인삼찻집, 레코드점, 책방, 운동구점, 건어물점, 유리 가게…… 등이 다닥다닥 붙어 만 안의 바다를 빙 둘러 에워싸고 있었다. 길 바로 밑의 바닷물은 이들 점포들에서 흘러나오는 하수로 누렇게 변해 있었다. 구태여 비유하자면 하프는커녕 돼지오줌보라고 하는 편이 더 어울릴 것이었다. 나는 오락가락하는 가랑비를 맞으며 걸어갔다. '찻집'이라고 쓰여 있는 유

리문의 한쪽이 열린 사이로 허벅지를 드러낸 여자들이 담배를
피워 물고 바깥을 물끄러미 내다보고 있었다. 바다 위에는 여
전히 그놈의 갈매기들이 게걸스런 몸짓으로 캐애액캐애액거
리며 날고 있었다. 그리고 해안통의 꺾어지는 곳쯤에 우체국
이 보였다.

나는 새가 싫어요.

갑자기 그 말이 왜 떠올랐는지 알 수 없었다. 오래전에 한
여자와 바닷가에 갔을 때 그녀는 말했었다. 나는 그때까지 새
를 싫어한다고 말하는 사람을 본 적이 없었기 때문에 다소 의
아한 느낌이었다. 새란 아름답고 뭔가 시원스러운 짓을 하는
동물이었다. 그러기에 새장에 넣어 기르고 또 박제를 만들어
보는 것이 아니던가. 그날 그녀는 내가 아직 모르던 새인 신천
옹(信天翁)에 대해 이야기했었다.

새는 원초적으로 뭔가 기괴하고 두려운 느낌을 준다. 그런
가. 그날의 분위기 탓인지 실상 그랬다. 새에게서는 옛날 고생
대니 중생대니 하는 아득한 때의 동식물에서 느껴지는 기괴함
이 남아 있었다. 중생대의 시조새는 새와 파충류의 중간 동물
이었다. 무슨 우루스든가 하는 공룡은 날개를 펼쳐 하늘을 날
았다. 그날 바람은 스산하게 불어서 그녀의 머리카락을 날렸

고, 우리는 신천옹 이야기를 마지막으로 그 바닷가를 떠났다. 만났다 할 것도 없이 헤어진 그녀의 말이 왜 떠올랐는지 알 수 없었다.

멍청히 배를 따라오다가 맥없이 잡혀서 바보새라고도 불린다는 신천옹.

그 새는 날개를 펼치면 길이가 삼 미터가량이나 되는, 몸집이 거위만큼 큰 새로서 태평양에 산다고 했다. 그 뒤로 나는 바닷기에만 가면 어김없이 신천옹이 떠올랐고, 그녀가 떠올랐다. 수많은 낱말들이 모여 한 권의 사전을 이루듯이 우리들 삶도 수많은 장면들이 모여 한 삶을 이루는 것이리라. 비록 서로의 관계를 캘 수 없는 막연하고 동떨어진 장면들일지라도.

우체국 앞을 지나면서 누구에겐가 소식을 전해야 되지 않을까 문득 생각하고 있다고 느꼈으나, 그냥 지나쳤다. 서울을 떠나온 뒤로 우체국 앞에서 늘 그래왔었다. 부질없는 일이었다. 이제 와서 새삼스럽게 어디에 전화를 한단 말인가. 어디에 엽서 한 장 띄울 필요가 있단 말인가. 그러나 지난 며칠 동안 나는 언젠가는 누구에겐가 전화를 걸어 내 존재를 알리고 싶어 안달을 할지도 모른다는 예감에 사로잡혀 있었다. 그것은 추할 뿐만 아니라 무의미한 짓거리일 것이었다.

가랑비 때문인지 방파제에는 사람의 발길이 거의 없었다. 길게 뻗어 있는 둑의 어귀에 포장을 친 수레가 서 있었다. 사람이 없어서 여름인데도 을씨년스러워 보였다. 그 집을 나와서 아무것도 작정하지 못하고 거기까지 온 이상 그나마 그런 수레마저 없었다면 그야말로 구제불능으로 난감했을 것이다. 나는 터덜터덜 그리로 걸어가 좁은 널빤지 의자에 엉덩이를 붙이고 있었다.

"술 있습니까?"

주인은 마흔 살이 넘었음 직한 중년 여자였다.

"손님도 없고 해서 그마 들어갈락했더만."

"소주 한 병하고 안주……"

"이거 디릴까?"

작은 원뿔 모양의 삶은 고둥이 있었다. 주인여자가 그 고둥을 쟁반에 담아 밀어놓았다. 쟁반가에 탱자나무 가시가 두 개 놓여 있었다.

"어데서 오는 길이라예?"

주인여자가 내 가방을 바라보았다. 남방샤쓰가 후줄근히 젖은 내 행색이 무척 초라해 보이리라는 생각이 들었다.

"멀리서요. 일자리를 구해보려고요."

나는 짐짓 한숨을 쉬며 말했다.

"무신 일을 하는데예?"

"아무 일이나 다 하지요. 막일."

물론 전혀 그런 마음은 없었다. 그런데도 이상하게 내 말은 내게도 진실되게 들려왔다. 주인여자는 막일이라는 말에 머리를 크게 끄덕거리고는 더 이상 말을 꺼내지 않았다. 이 막막한 사내 앞에서는 자신은 답답해질 수밖에 없다고 여기는 듯했다. 나는 소주를 들이켜며 탱자 가시로 고둥의 살을 꺼내 먹었다. 탱자 가시를 고둥의 살에 찔러 한 바퀴 뱅그르 돌리면 고둥의 맨몸이 도르르 말린 채 나사처럼 뽑혀 나왔다. 그러면서 눈을 들어 바라보자 '자애원'의 흰 건물 일부가 눈에 들어왔다. 그곳에서도 방파제가 내려다보였으니 방파제에서 그곳이 보이는 것은 당연한 일이었다. 저 집에서 쫓겨났는가. 그런 것 같았다. 그렇다면 왜 쫓겨났는가. 외부인에게 알려져서는 곤란한 어떤 일의 내막에 대한 보안책이라고 어렴풋이 짐작되었으나, 알 수 없었다. 그러자 지금까지 이 세상의 끝까지 쫓겨 왔으며, 다시 그 끝의 벼랑 위에 서게 되었다는 느낌이 짙게 다가왔다.

갈매기가 날아가는 모습에서 신천옹이 떠올랐다. 나는 신천옹을 생각하며 하늘을 바라보았다. 그런데 비유하자면, 구마라습이 불교에 성베드로 성당을 지은 사람이라고? 나는 친구의 말을 반추했다.

성베드로 성당의 웅장한 돔의 지하에는 정말 베드로의 석관이 놓여 있었다. 언젠가 휴가를 이용하여 일 속에서 헤어나 로마 교외의 레오나르도 다빈치 공항에 내렸을 때도 여름은 어김없이 여름이었다. 더위는 거기서도 기승을 부렸다. 며칠간의 말미에 불과한 '로마의 휴일'이었다. 그리하여 마침내 성베드로 성당의 '천국의 문' 앞에 선 나는 그 장엄한 건물 덩지에 우선 압도당하고 말았다. 다리가 후들후들 떨릴 지경이었다. 허먼 멜빌의 《백경》에 '세상에 흰 고래보다 큰 짐승이 있겠는가. 성베드로 성당보다 더 웅장한 건물이 있겠는가' 하는 구절이 있었다고 새삼스럽게 떠올랐었다. 몸집이 작은 나는 흔히 큰 것을 숭배한다는 사상에 본능적으로 저항감을 느끼지만 확실히 큰 것은 위대했다. 삼십 센티미터 속에는 이십 센티미터도 들어 있다는 말은 옳았다.

베드로.

그때, 그로부터 몇 해 전에 다른 한 베드로를 찾아 대관령 밑의 도시 강릉으로 한 성당을 찾아갔던 기억이 생생히 되살아났던 것이다. 털어놓으면, 그 다른 베드로란 나를 지칭한다.

도대체 무슨 소리냐고 할지도 모르나 이야기인즉 매우 단순하다. 처음부터 내가 서슴지 않고 나를 감히 베드로라고 하는 것은 사실 좀 어폐가 있기는 하다. 그것은 너무도 어슴푸레한 기억에 의지하여, 나 자신도 신빙성을 의심하고 있는 상태였다. 즉, 나는 사리분별을 전혀 못하는 어린 시절에 가톨릭의 유아 영세를 받았는데 그 영세명이 베드로가 아니었던가 하는 기억이 났다. 하지만 이 기억은 기억이라고 하기에는 너무도 미약했다. 그것은 마치 거의 다 써버려 불을 밝힐 수 없는 건전지 속에 남아 있는 희미한 전류처럼 뇌리에 감지될 듯 말 듯 남아 있는 데 지나지 않았다.

……? ……나는……? ……베드로라는 이름으로……? ……영세를 받은 적이 있다……? ……

희미하기 짝이 없는 기억이었다. 너무도 희미해서, 확실한 실마리를 붙잡고자 추궁해 들어가면 그만 어디론가 가뭇없이 사라져버릴 것만 같았다. 마치 희미한 전류의 근거를 찾겠다고 건전지를 뜯어보면 검은 탄소 막대기와 탄소 가루만 나오듯이. 그 기억을 빌미로 나는 그 베드로를 찾아갔었던 것이다. 우선 이 기억은 베드로라는 이름은 둘째치고 내가 영세를 받은 사실이 있느냐 없느냐에서부터 벽에 부딪치는 기억이었다.

한 개인의 역사에서 이런 사실은 그래도 중요한 것일 텐데 아무리 그렇게 될 까닭이 있겠느냐고 누군가 물을지도 모른다. 그렇다면, 여기서 운이나마 떼고 넘어가지 않으면 안 될 것이 있다. 내게는 픽 중요한 사실을 그 뒤 내게 말해준 사람이 없었던 것이다. 나는, 이미 말했다시피, 사리분별을 못하는 어린 애였고, 그 뒤 사실은 은폐되었다. 여기에 내 가족의 한 가지 비밀이 숨어 있다. 내가 의부(義父) 아래 길러졌다는 사실이다. 본아버지를 여의고 의부 아래 자란 사람이 어디 한둘이며 무슨 그리 대수로운 일일까만, 문제는 가족 전체가 이 사실을 은폐하려 한 데에 있었다고 여겨진다. 아마도 의부는 자신이 의부라는 사실이 나중에라도 밝혀지는 것을 꺼려했던 것 같다. 내가 네 살밖에 안 먹었으므로 내 기억력만 과거와 차단시키면 우리는 '과거'가 없는 완벽한 한 가정으로 성립되는 것이었다. 그래서 내 성씨마저 의부의 성씨를 따라 위장되었다. 모든 것은 철저히 위장되었다. 따라서 나로부터 내 과거가 차단된 것은 당연한 조치였다. 아무도 내게 내 과거의 단편이나마 귀띔조차 해주지 않았다. 이 불문율 아래서만 우리 가정의 테두리는 유지되었다. 마치 윷놀이에서 앞서가다가 잡아먹힌 말이 새로 처음부터 시작하듯이. 그 결과 내 생애의 첫 사 년을 잃어버린 채 살게 되었다. 이 철저한 위장은 나중에 내가 대학에 들어올 때 어차피 조금 벗겨지게 되었는데, 그동안에도 나는 줄곧 뭔가 이상한 낌새를 느끼며 살아온 것이 사실이었다. 내 과거를 차단한다는 일은 그렇게 하고자 하는 사람들의 과거를 차단해야 한다는 일에 다름 아니었다. 아무리 숨긴다 한들 일상의 한마디 한마디에서 그 사 년을 감쪽같이 없애버릴 수는 없는 노릇이었다. 그래서 세월이 지남과 함께 사실의 전모를 어렴풋이나마 간파할 수 있었다. 나는 일 년에 한 개, 이 년에 한 개씩 포착된 낱말들로써 은밀하게 사실의 전모를 조금씩 파악해나갔던 것이다. 그러나 확증이 없는 한 어디까지나 그럴지도 모른다……는 정도의 심증에 지나지 않았다.

……? ……나는……? ……베드로라는 이름으로……? …… 영세를 받은 적이 있다……? ……

내가 의부 아래 자랐다는 사실을 알았다 해도 이 아슴푸레한 기억이 내 인생에 해당하는 것인지 어떤지까지는 확인할 길이 없었다. 우연히 들은 다른 어떤 사람의 이야기가 내 잠재의식에 스며들어 있는 것일 수도 있었다. 그래서 내 고향이라고 기록되어 있는, 대관령 밑의 그 도시로 마침내 발길을 향했던 것이다.

곰을 키우는 사내

　다음 날 아침 내가 눈을 뜬 것은 작은 목선(木船) 위에서였다. 어떻게 된 노릇인지 어리둥절한 채 나는 주위를 두리번거렸다. 어제 술을 다 마신 뒤 방파제를 떠났다. 그런데 난데없이 배에서 하룻밤을 지낸 것이었다. 눈을 뜨자 온몸이 찌뿌드드했다. 여기가 어디일까. 평소에는 눈을 뜨고도 몸을 일으키자면 이리 뒤척 저리 뒤척 하면서 시간을 끄는 게 예사였다. 그러나 그때는 벌떡 몸을 일으키지 않을 수가 없었다. 여기가 도대체 어디일까. 베개 삼아 베고 있던 가방에서 머리를 들어 상체를 일으키자 그 높이의 나지막한 창문으로 바깥 풍경이 눈에 들어왔다. 바다였다. 뱃전 너머 바다는 아침 햇살에 고기비늘처럼 반짝이고 있었다.

방금 잠에서 깨어난 이곳이 배 안이라니 알 수 없었다. 나는 배 안을 두릿두릿 살폈다. 두 평쯤 될까 말까 한 선실에는 바닥에 제법 비닐까지 깔려 있었으나, 오랫동안 방치해둔 듯 때와 얼룩으로 더럽기 짝이 없었다. 나는 선실에서 밖으로 나왔다. 사 톤이나 오 톤쯤 되는 배였다. 작은 배는 다른 여러 척의 배들과 함께 선착장에 붙잡아 매여 있었다. 작은 배에 조잡하나마 선실이 마련되어 있는 것으로 보아 고깃배가 아니라 놀잇배임을 한눈에 알 수 있었다. 실제로 기관실 옆에 붙어 있는 허가 표지판에도 그렇게 쓰여 있었다. '유선(遊船). 정원 12명.' 사람들을 태우고 가까운 섬이나 경승지까지 한 바퀴씩 돌아오는 배였다. 나는 뱃전에 앉아 주머니를 뒤져 담배를 찾아냈다.

내가 빈 배에서 잠을 잤다는 것뿐, 모든 것은 변함이 없었다. 갈매기들은 여전히 깨애액거리며 날고 있었고 작은 통통배들은 방파제를 돌아가고 있었다. 저쪽 정기 여객선 부두에는 최신형의 공기 부양선이 빨갛고 흰 빛으로 단장한 채 출항을 기다리고 있었다. 간밤의 일이 어렴풋이 떠올랐다. 밤이 아니라 어두워질 무렵이었다. 나는 몽롱하게 정기 여객선 부두를 지나왔다. 그리고 도선(渡船)이나 유선들만 별도로 드나드는 그 작은 선착장까지 와서 오랫동안 머뭇거렸었다. 어딘가 숙소를 정해야 했다. 친구에게 전화를 할까 했으나 이미 퇴근 시간이 지나 있었다. 퇴근 시간이 지나 있지 않았어도 전화를 했을는지 의문이었다. 그러다가 아무 생각도 없이 배에 올라타고 말했던 것이다. 술기운 탓이라고 해도 그만이겠다. 다만 처음 탔을 때는 그곳에서 잠까지 자려는 의도는 없었다고 믿어진다.

예전 통행금지가 있을 때, 열두 시 가까워 호루라기 소리에 쫓기던 마침 회사 근처여서 회사로 달려간 적이 있었다. 회사에는 숙직자가 있었고 그에게 부탁하여 하룻밤을 피할 생각이었다. 그런데 귀찮았든지 또는 자신의 본분을 지키려고 했든지 숙직자는 문을 열어주지 않았다. 갈 곳이 없었다. 게다가 공교롭게도 그는 나와 일 관계로 여러 번 대립을 보여온 사이였다. 그때 어디서 그런 용기, 만용이 생겼을까. 나는 회사 모퉁이로 돌아갔다. 그곳에서는 이 층까지 비상계단이 설치되어 있었다. 물론 그 비상계단도 적절한 장치가 되어 있어서 쉽사리 매달려 오를 수 있게는 안 되어 있었지만, 나는 그 비상계단에 매달려 건물 외벽의 이 층까지 올라갔다. 건물은 사 층이었다. 거기서부터가 문제였다. 다음 날 그곳을 살핀 나는 놀라지 않을 수 없었다. 나는 도저히 상상할 수 없는 짓을 한 것이었다. 나는 비상계단에서 몸을 날리다시피 하여 거의 이 미터쯤이나 떨어져 있는 창문의 문틀을 붙잡았고 거기서부터 사층까지 도저히 상상할 수 없는 곡예로 옥상까지 올라가는 데 성공했던 것이다. 술 탓이었다. 그것은 실로 목숨을 건 곡예였다. 옥상을 통해서는 건물 안으로 들어가게 되어 있었다. 계단을 내려가 아래층 숙직실 앞에 섰다. '이형!' 그리고 문을 열고 들어가면서 스위치를 올렸다. '누, 누구요?' '나요, 놀라지 마시오.' 나는 놀라 일어나는 그를 안심시키려고 두 손을 벌렸다. 그러나 그것이 그를 더욱 놀라게 했다. 내 두 손바닥은 기를 쓰고 빌딩을 기어 올라오느라고 온통 피투성이가 되어 있었던 것이다. '으, 으악!' 그가 기겁을 하여 뒤로 자빠졌다. 내가 그런 사태를 예상하지 못한 것은 내 불찰이었다. 한밤중에 셔터를 내려 꼭 닫아놓은 건물 안으로 두 손에 피를 흘리며 나타난 사내!

나는 그렇게도 하룻밤을 보낸 적이 있었다. 그러나 배에서의 하룻밤은 호루라기 따위에 피한 단순한 하룻밤은 아니었다. 나는 배에 올라타고 불빛이 밝혀지는 항구를 바라보고 있었다. 그러다 어느덧 선실로 들어와 잠이 든 것은 정말 술 탓인 듯싶었다. 하지만 배에 탄 것도, 잠이 든 것도 모두 술 탓이라고 하더라도, 내 의식 깊이 배를 타고 어디론가 떠나버리고 싶다는 욕망은 없었을까. 술보다도 차라리 그 욕망 탓이었을 것이라고 생각되었다. 비록 어디론가 떠나버릴 수는 없다손 치더라도 배를 탄 것만으로 위안을 받으려 했던 것이다. 알 듯했다. 나는 변함없이 떠남을 획책하고 있었던 것이다. 사실 애초부터 여러 가지로 떠남을 생각했었다. 그것은 영원하고도 가혹한 떠남의 개념이었다. 그렇지만 죽음하고는 달랐다. 가령 죽음이 택해질 수 있다면 그것은 떠남의 이상(理想)을 가지지 못한 상태의 떠남에 지나지 않을 것이었다. 그것은 어떤 것일까. 불교에서 말하는 '부모를 만나면 부모를 죽이고, 부처를 만나면 부처를 죽이고 제 자신을 만나면 제 자신마저 죽이고'서라도 떠나는 그런 길일까. 알 수 없었다. 그리하여 내가 나에게서마저도 떠난다는 개념은 무엇일까. 그러나 그와 함께 나는 엉뚱하게도 한 여자의 모습을 떠올렸다. 그 여자는 내가 모르는 여자였다. 그럼에도 불구하고 나는 상당히 오랫동안 그녀를 마음속에 담아두고 있었다. 나는 그녀에 대해서 아무것도 모르고 있었다. 더군다나 그것도 몇 번밖에 본 적도 없었다. 당신은 한때 나와 무척 가까웠던 여자가 틀림없소. 그러나 그 한때가 어느 때였는지는 도무지 감감했다. 몇십 년 전의 소꿉친

군가 아니면 여러 학교를 전학하는 동안 내 옆에 앉았던 어떤 '짝꿍'일 수도 있었다. 하지만 그런 종류의 사이보다는 더 긴밀한 사이, 중요한 유대가 맺어진 사이여야 했다. 나는 눈을 감았다. 흔히 어디선가 본 듯한 얼굴이라는 표현도 그 경우에는 지극히 맥 빠진 표현이었다. 우리는 서로 본 순간 '아니, 이게 어떻게 된……' 하면서 얼싸안아야 되는 것이었다. 정말 이게 어떻게 된 일인지 알 수 없었다.

그렇다면.

그녀가 지금 이 현실에서 여태껏 나와 아무런 연관이 닿지 않는 사람이라면.

사실 이런 경험은 누구에게나 몇 번쯤 있는 것이다. 이에 대하여 나는 이른바 전생을 상정하지 않을 수 없었다. 전생이란 게 있을까. 내세를 말할 수 없는 나로서는 그것 또한 뭐라 말할 수 없는 성질의 것이다. 이제 이 과학 만능 시대에 그런 것을 명확히 해주기를 컴퓨터에 기대하고 있는 형편이라고나 할까. 언젠가 스스로 우주에서 왔다고 믿는다는 한 한국 청년이 서울에서 개최된 미인대회에 참가한 프랑스 처녀를 보고, 일찍이 우주의, 신의 섭리로 그녀가 자신에게 점지된 여자라고 구애한 끝에 결혼까지 한 일화가 있었다. 모두가 쉽게 믿기지 않는 이야기였으나, 청년이 프랑스 처녀와 결혼한 것은 사실이었다. 또 이런 이야기도 있었다. 한 어린 소년이 느닷없이 이웃 동네의 나이 많은 과수원 여주인이 전생에 자기의 아내라고 주장해서 대면을 시켰더니 과수원 여주인 역시 첫눈에 소년이 전생의 남편이 틀림없노라고 했다는 것이었다. 하지만 이런 종류의 이야기들에 대한 해석은 신비주의자 스베덴보리 같은 사람에게나 맡길 일이었다. 나는 전생을 믿지 않는다는 쪽이 더 옳았다. 그런데도 나는 그렇다면 하고 말할 수밖에 없게 된 것이었다.

그렇다면.

그녀는 전생에 나와 무슨 인연을 맺었던 여자였다.

나는 내가 지금 근본적으로 어디에 와 있는지 모르겠다는 생각을 했다. 분명히 어제 이곳에 왔었다. 그런데 그것이 현실 같지가 않았다. 혹시 오징어잡이배를 탄 것이 아닌가도 의심되었다. 아니었다. 어제 일은 잘 기억하고 있었다. 그런데도 모르겠다는 생각이 드는 것이었다.

그곳은 고려 시대에 일본을 치려는 원나라 군대가 몰려왔을 때, 말을 키운 적이 있다는 섬이었다. 그러나 친구는 하프 운운하는 내 말을 듣고 '히프'를 들먹이면서 항구를 굽어보는 산의 형상이 말의 엉덩이를 닮아 마둔도(馬臀島)라고 하는 다른 이름도 있다고 했다. 그 산의 형상이 말 엉덩이를 닮았다고 해도 그것은 아무래도 호사가들의 말에 지나지 않을 듯싶었다. 최근 몇 년 동안 갑작스런 개발로 많은 사람들이 모여든다는 섬이었다.

그날 저녁 나는 친구와 함께 내가 하룻밤을 보낸 배의 주인을 찾아갔다.

"그러지 말고 자애원엘 가자구. 그 할망구 성깔이 원래 그래. 원장이 없으믄 턱없이 세도를 부려서 종종 말썽이 생긴다니까. 나하구 가믄 상황 끝이야."

그는 자신의 회사에서의 업무가 '해결사'라고도 덧붙였다.

"그쪽은 이제 매력 없어. 그러니까 니가 해결사라면 배 주인이나 해결하라구."

"정말이니, 그거?"

"그럼 정말이지 않구."

퇴근해서 나온 그를 만난 나는 불현듯 마음을 돌렸던 것이다. 섬에서 며칠을 보낼지는 알 수 없어도, 그동안 그 배를 근거로 삼아야겠다고.

"자신 있어?"

그는 선뜻 믿기지 않아 하였다.

"자신이구 뭐구가 어딨어. 학교 땐 겨울에도 학교 신문사에서 신문지 덮구 지낸 거 알잖아? 지금은 여름이야. 차라리 이런 착안을 했다는 게 기특할 지경이야."

내 성격을 아는 친구는 하는 수 없이 나를 따라왔다. 나는 핀슨홀이라는 이름이 붙은, 모교의 신문사 건물을 회상했다. 윤동주(尹東柱)의 시절에는 그 건물이 기숙사였다고 했으나 나중에는 밤에 잠을 잘 수는 없게 된 곳이었다. 그러나 간신히 학업을 이어가던 그 무렵 잠을 잘 곳도 마땅치 않았던 나는 몰래 기어들어가 잠을 자고는 했었다. 그러고 보니, 술만 먹으면 학교 안에 있던 영빈(英嬪) 이(李)씨인 사도세자의 어머니 묘 앞의 상석(床石)을 찾아가 잠들곤 하던 선배 생각도 난다. 왜 거기 찾아가 자느냐고 물으면 자기도 모른다고 했다. 장래가 촉망되던 그 선배는 대학을 졸업한 지 몇 해 안 돼 병도 없이 갑자기 죽고 말았는데, 그의 죽음을 생각하면 나는 그 일들과 어떤 연관을 짓고는 한다.

친구가 아니었으면 내가 그 배를 근거로 삼을 수는 없었을 것이다. 친구가 명함을 내밀며 배 주인과 이야기를 시작했다. 배 주인은 쉽게 알아듣지 못했다. 그러나 다행히, 예상했던 대로, 그 배는 당장 움직일 수 없는 폐선(廢船)이었다. 한 해 전부터 고장 나 그냥 묶어두고 있다는 것이었다. 곧 손을 보아서 본격적인 휴가철에는 움직여야 한다고 배 주인은 말했다.

"아무 지장이 없도록 하겠습니다."

나는 만 원짜리 한 장을 꺼내놓으며 다만 며칠간이라도 심심할 때 올라가 밤낚시라도 하게 해달라고 간청했다.

"거기서 뭘 낚시가……"

배 주인은 그래도 한동안 고개를 갸우뚱거리다가 마침내 내가 꺼내놓은 지폐를 주머니에 쑤셔 넣었다.

"넌 아직까지 비현실적인 건 여전하구나. 구제불능이야."

배 주인과 헤어지자 친구는 혼잣말처럼 중얼거렸다.

"선장 노릇 한번 하기 쉽구나."

나는 그런 내가 비현실적이라는 느낌은 조금도 들지 않았다. 차라리 지난 세월 직장 생활을 한답시고 다람쥐 쳇바퀴 돌듯 하루하루 얽매여 보낸 나날들이 더욱 비현실적이라고 느껴졌다.

내가 다른 나라에서의 건설 현장으로 떠난 것도, 또 그에 따른 일련의 일도 결국은 그런 연장선상에서 이해할 수밖에 없었다. 사무요원이었지만 이국의 뙤약볕 밑에 선다는 일은 가

혹한 현실감을 갖게 하는 일이었다. 그러나 나는 늘, 이것이 과연 내가 겪고 있는 현실이 틀림없는가 하고 묻고만 있었다. 나는 한국에서의 나날들의 비현실감에 못 이겨 그곳으로 떠났던 것이다. 현실에 발붙이고 살고 있다는 확고한 느낌을 획득하여 돌아오도록 하자, 이 삶이 내 것이라는 신념을 얻어 돌아오도록 하자, 나는 진정으로 바랐다. 그러나 현실의 한가운데로 뛰어들기를 갈망한 것은 또한 현실로부터의 도피를 겸한 것이었다.

홍콩에서 갈아탄 인도네시아 국영항공회사 가루다(GARUDA) 비행기가 인도네시아의 수도 자카르타에 닿았을 무렵, 뉴스는 경비행기 한 대가 카리만탄 지역에서 추락했음을 알리고 있었다. 칼리만탄은 우리가 보루네오라고 부르는 섬을 일컬었다.

"저런, 한국인도 탑승했군요. 인도네시아라고 해서 어디나 다 나무가 울창한 것도 아닙니다. 역시 칼리만탄이지요. 우리나라 합판회사 직원들인 모양입니다."

김포에서부터 우연히 동행한 사내의 말이었다. 그는 칼리만탄에서 뉴기니까지 가서 일해본 경험이 있다고 했다. 그러나 나는 자카르타에서 그 북쪽 섬인 수마트라의 동북부까지 타고 갈 비행기가 경비행기는 아니더라도 소형의 국내선 비행기라는 데 신경이 써졌다. 보잉 747 같은 큰 비행기도 구름밭을 지날 때면 경운기를 타고 흙길을 지나는 것처럼 터덜거렸던 것이다. 때때로 그 날개는 곧 꺾어지고 동체가 사정없이 곤두박질칠 것만 같았다. 그리고 보루네오와 관련지어 늘 떠오르는 것은 '숲의 사람'이라는 뜻인 오랑우탄이라는 유인원(類人猿)이다. 에드거 앨런 포의 《모르그 가의 살인 사건》에도 이 보루네오 산(産) 오랑우탄이 등장해 살인까지 저지르고 있었다. 인도네시아로 가겠다고 마음먹었을 때부터 이런 짐승들에 내 관심은 쏠렸었다. 중학교 때 배우기를 인도네시아는 크게 보아 자바, 수마트라, 보루네오, 셀레베스의 네 섬으로 이루어져 있었다. 그런데 실제로 가보면 그곳들은 섬은 아니지만 광활하기가 대륙에 못지않을 것이다. 그러므로 짐승들도 호주에 못지않게 다양한 양태로 분포되어 있었다. 나는 호텔의 로비에 장식되어 있는 가루다의 형상을 주의 깊게 들여다보았다. 가루다가 그냥 독수리라는 뜻만을 지니고 있는데도 그냥 독수리와는 판이한 모습이었다. 날짐승과 물짐승을 합쳐놓은 듯한 그것은 신화 속에서 방금 뛰쳐나온 모습으로 극채색의 온몸을 도사리고 있었다. 인도네시아의 역사에 불교를 믿는 인도 세력이 밀려왔던 적이 있었던 것으로 보아, 불교 경전에 나오는 가루다가 그대로 독수리와 결합되었다고도 생각되었다. 여의주가 박힌 대가리는 매를 닮았고 몸은 사람을 닮았으며 금빛 날개에 입으로는 불을 뿜어 용을 잡아먹는다는 가루다, 금시조(金翅鳥). 어떤 상징으로서의 이 새는 이 나라의 모든 짐승들이 어떤 상징으로 존재하고 있는 게 아닌가 하는 느낌을 주었다. 저녁 무렵에 박물관으로 가서 그 유명한 자바 직립원인(直立猿人)의 두개골을 보고 돌아와 자리에 누운 나는 인류의 조상 중 하나라는 자바 직립원인의 두개골이 개 대가리만 한 데 대한 놀라움과 퍼덕이는 가루다의 환상에 시달리며 잠을 청했다. 1891년 뒤부아라는 사람이 이곳 자바의 트리닐에서 파낸 직립원인, 곧 피테칸트로푸스 에렉투스는 진화론의 입장에서 원숭이와 사람의 중간 단계에 속한다고 했다. 비행기로 새벽부터 저녁까지 날아와 적도 밑의 이상한 나라에 닿았구나. 원숭이와 유인원과 직립원인과 현대인이 함께 뒤섞여 바나나를 따먹고 사는 나라의 하늘에는 역시 이상한 새가 떠 있구나. 그렇게 열대의 시간들은 내게 펼쳐지고 있었다.

비행기에서 만난 사내의 말대로 칼리만탄은 몰라도 다른 지역은 열대에 속해 있음에도 삼림이 예상보다 울창하지는 않았다. 물론 열대의 풍물을 보여주는 나무들, 붉은 파파야나무, 종려나무, 대추야자나무 들은 곳곳에서 미려한 자태를 자랑하고 있었다. 삐죽삐죽한 돌기가 촘촘히 돋친 철퇴 모양의 두리안이라는 과일이 달리는 나무도 빼놓을 수 없다. 어느 두리안 농장에 가면 원숭이를 훈련시켜 높이 자란 이 나무에 올려보내 따서 던지게 한다고도 했다. 요즘도 해적이 출몰하여 심심찮게 신문에 오르내리는 말라카 해협을 지배하는 자는 세계를 지배한다는 말이 있었다. 그 밑으로 영락없이 고구마 꼴을 한 섬인 수마트라의 서쪽 산악지대는 그런대로 삼림이 우거졌다고는 하나 동쪽의 구릉지대는 삼림이라고 할 만한 게 눈에 띄지 않는다. 다만 사람 발길 닿지 않는 거무칙칙한 숲이 곳곳에 뒤엉켜 있는데, 그 음습한 밑바닥에는 어린애만 한 사족사(四足蛇)가 기어다녔다.

적도로 가기 전, 수마트라 리아우 주(州)의 정유공장 건설현장에서 처음 사귄 설비과 사내는 곰을 기르고 있었다. 그가 곰을 기르고 있었기 때문에 누구보다도 내 눈을 끌었는지도 모른다.

"그 곰 키워서 어쩔 작정입니까?"

나는 그와 어울린 첫날 한국 음식점 '서울관'으로 가서 별이라는 뜻의 '빈탕' 맥주병을 따며 물었다.

"어쩌긴 뭘 어째요. 생활이 따분하니까 기를 뿐이지요."

그는 빙긋이 웃음을 띠었다.

"나중에 어디다 팝니까?"

"팔긴요. 곰값이 개값만도 못해요. 그것도 우리가 사는 값이지요. 이곳 주민들이 곰을 사서 뭣에 쓰겠어요."

"그 웅담이란 거, 쓸개 말입니다. 비쌀 텐데요."

"하긴 처음 한국 사람들이 왔을 때 너도나도 웅담을 구해서 원주민들이 숱하게 잡아왔답니다. 그러나 이젠 그렇지 않습니다. 이곳 곰쓸개는 약효가 없다고 알려졌기 때문이죠. 그러니 기르다가 좀 크면 잡는 수밖에 없지요."

"잡아요?"

"예. 어릴 때는 우유나 과일이나 밥 아무거나 잘 먹지만 크면 식성이 까다로워집니다. 뒷바라지를 할 수가 없게 되는 겁니다. 도리 없이 잡아야지요."

그는 먼젓번 귀국한 아무개도 곰을 기르다가 잡은 적이 있다고 덧붙였다. 인도네시아의 곰은 가슴에 흰 반달무늬가 있다는 점에서 우리나라의 반달곰과 같은 종류로 혼동하기 쉬우나 반달곰보다 몸집이 작은 말레이곰이다. 말레이곰의 쓸개는 우리가 아는 검은 곰쓸개와 달리 갈색에 가깝다고 했다.

그 첫 번째 만남 이후 나는 그와 친해졌다. 원주민 마을의, 메카를 순례함으로써 마을 지도자 '이맘'의 지위에 오른 사람의 잔칫집에 가서 파파야와 두리안을 먹기도 했고 바닷가로 가서 게를 잡기도 했다. 사실 현장에서의 생활이란 공동 샤워장에서 샤워를 하는 낙밖에 없다고 할 정도로 무미건조한 생활이었다. 그러니까 곰이 아니라 코뿔소라도 기를 수 있다면 그렇게 하는 게 나을 법했다. 그러나 나는 그와 친해지는 동안 그가 단순히 무료한 생활을 달래기 위해 곰을 기르는 것은 아니지 않느냐는 의혹을 갖게 되었다. 왜 그런 의혹이 일었는지는 모를 일이었다. 그는 왜 곰을 기를까. 그는 곰을 기르는 데 지나치게 공을 많이 들이고 있었다. 그와 어울려 외출을 했다가도 곰에게 먹이를 줘야 한다는 그의 말에 못 이겨 서둘러 돌아와야 했던 적이 한두 번이 아니었다. 그는 조금도 시간이 늦으면 안 된다고 안달을 했다. 그런 그의 태도는 어떨 때는 강박관념에 가깝게도 여겨졌다. 그렇게까지 하면서, 결국 아무 짝에도 쓸모가 없어 잡아버릴 짐승을 기를 필요가 있을까. 그가 만든 철제 우리 속에서 곰이 무럭무럭 자라고 있는 데 비례해서 내 의혹도 커져만 갔다. 언젠가 그런 의혹을 그에게 털어놓자 그는 쓸쓸하게 웃을 뿐 별달리 시원한 대답은 하지 않았다. 그에게 곰은 무슨 뜻을 가지고 있을까. 그렇다고 해서 내가 우리 역사를 뒤져서 단군과 곰이니 호랑이니를 말할 계제도 아니었다. 그에게는 곰은 그냥 곰일 뿐, 곰을 길러서 어느 부위든 소중하게 사용할 수 있다면 그것으로 충분하다는 생각이었다. 그러나 나는 곰에 대해 이리저리 생각이 오가며 그가 왜 그토록 곰 기르기에 열성인지를 알고 싶었다. 그 자신 역시 그것을 모르고 있다고 하더라도 그것을 모르는 한 나는 그와 본질적으로 친해질 수 없다고 느꼈다. 하기야 세상살이에 오다가다 만나는 직장 동료를 진정한 친구로 삼기는 어려운 일임을 모르는 바는 아니었다. 하지만 사람이 그런 것은 아닐 것이었다. 그는 곰을 길러서 상상 속에서나마 단군신화의 여자를 탄생시켜보려고 한 것일까. 이렇게까지 따져든다면 아무래도 너무나 얼토당토않은 현학적인 이야기밖에 되지 않겠다. 그렇다면 그가 처음에 밝혔듯이 '생활이 따분해서 기를 뿐'이라는 대답으로 되돌아갈 수밖에 없다. 따분해서? 이른바 이역만리에서 생활이 따분한 것은 정한 이치였다.

그러나 인도네시아는 모래먼지만 날리는 사막 땅은 아니며 바로 적도 아래라 하더라도 더위가 아주 못 견딜 만하지는 않다. 게다가 술도 있으며 원하면 홍등가의 여자도 있는 것이다. 여자를 바로 쳐다보는 것만으로도 죄가 된다는 사막나라 사우디아라비아에 견주어보라. 알코올 없는 맥주를 마시듯이 또한 몸뚱이 없는 여자를 앞에 그리며 밤마다 한숨 지으며 괴로워할 사내들을 상상해보라. 나는 그 얼마 전에 본 사진이 머리에 떠올랐다. 나중에 조작된 것임이 밝혀진 그 사진은 홍해 연안에서 잡힌 인어라는 설명이 붙어 많은 사람들의 눈길을 끌었었다. 바닷가에 누워 있는 그 인어는 상반신은 물고기였고 하반신은 여자였다. 그러니까 안데르센의 〈인어공주〉가, 코펜하겐의 항구에 조각되어 있는 인어상에서도 보듯이, 상반신은 여자로, 하반신은 물고기로 묘사되어 있는 것과는 정반대의 모습인 것이다. 칼을 든 한 사내가 자넨 어느 쪽을 갖겠느냐고 묻는 만화가 있었는데, 질문 자체가 잘못됐든 어떻든, 여기에 선뜻 대답할 사내는 없을 것이다. 예전에 실제로 인어로 알려졌던 짐승은 듀공이라는 짐승이라고 했다. 바다에 사는 이 포유류는 새끼를 안고 젖을 주거나 등에 업고 다닌다고 했다. 뱃사람 중에 지나치게 고독했거나 아니면 지나치게 흉측했던 사내들이 있어서 이 짐승을 잡아 수간(獸姦)을 하곤 했다는 것이었다. 여자와 관계하면 목숨까지 잃게 된다는 사막의 현장에

서, 사내들 중에 예전의 뱃사람처럼 듀공이라도 한 마리 잡을
수 있기를 꿈꾸는 사내가 없으리라는 법은 없었다. 아니, 사내
들의 욕망이란 상황이 극한으로 치달으면 극한으로 치달을수
록 그 또한 극한적이 되고 만다는 점에서 어떤 일을 벌일지는
아무도 알 수 없는 것이다. 자기 스스로도 모르기 때문이다. 그
렇다면 그도 도무지 남들이 모를 상황에 빠져 곰을 그 대상으
로 기르고 있는 것일까. 그런 뜻에서라면 단군신화의 역할이
꽤 심대하다고 하겠는데, 글쎄, 그렇게 상상하기에는 지나친
구석이 없지 않다. 나는 그에게 가까이 접근했던 만큼 그 문제
에 나도 모르게 깊은 관심을 기울이고 있었다. 단순히 '따분해
서' 그럴 것이라도 접어두면 그만일 일이었다. 세상일에는 아
무 의미 없이 치러지고 있는 일이 한두 가지가 아니며, 좀 거
창하게 말하면, 누구 표현대로 우리가 살고 있는 이 별의 운명
조차도 무슨 의미가 있는 것이 아니었다. 그런데도 나는 그가
곰을 기르는 데서 무슨 비밀인가를 캐려고 하지 않으면 안 되
었다. 그의 태도, 특히 그의 눈빛이 은연중에 나로 하여금 그것
을 유도하고 있었다. 그러나 불행히도 그와 나와의 관계는 그
리 오래 지속되지 못했다. 인도네시아 당국에서 현지인 채용
인원수를 종전보다 대폭 늘려야 한다는 조치를 만들어 강력히

요구해온 데 따라서 홍보요원에다 사무요원인 나는 현장을 떠나 자카르타에서의 인력 보충 계획에 지원을 해야 했기 때문이었다. 떠나기 전날 밤 나는 그와 함께 서울관으로 갔다. 말이 같은 나라 땅이지 우리에게 다시 만날 기회가 주어질는지는 의문이었다. 보통의 그곳 한국 근로자들은 거리 관계로 말라카 해협만 건너면 닿는 싱가포르를 거치는 항로를 택하고 있었다. 자카르타는 훨씬 남쪽에 위치해 있는 것이었다. 나는 자카르타에서 몇 개월 일하다 보면 계약기간이 만료돼 귀국할 것이었고, 그사이 그는 먼저 귀국할 것이었다.

"언제 돌아갑니까? 얼마 안 남았지요?"

나는 그와의 헤어짐을 섭섭해하면서 물음을 던졌다. 그러나 웬일인지 그는 침울한 표정을 짓고 한동안 말없이 '빈탕' 맥주만 기울였다. 밤중인데도 날씨는 찜통 속같이 무더웠고, 입구의 형광등 밑으로는 도마뱀들이 벽을 타고 오르내리고 있었다.

"일차 계약기간이야 얼마 안 남았지요. 하지만 언제 갈지……"

그는 말끝을 흐렸다.

"왜요?"

"돌아간들 뭐 뾰족한 수가 있나요. 계약 연장을 할 수도 있다니까……"

"일 년 더 연장을 하려구요?"

"지금은 그럴까 합니다만."

그는 계약기간을 다시 연장한 뒤에 그곳 일이 어느 정도 마무리되면 칼리만탄으로 가게 될 기회를 보겠다고도 했다. 그는 이 기회에 한밑천 단단히 거머쥐기로 결심한 모양이었다.

"그렇지만 집사람은 어쩌구요? 보고 싶지 않습니까?"

나는 슬쩍 물었다. 현장 사람들 중에는 총각 때 경험 삼아 일하러 나왔다는 축도 없지 않았으나 가정을 가진 사람들은 거의 모두가 돈 때문에 나온 사람들이었다. 가정을 가진 사람들의 가장 은근하고 절실한 걱정거리가 아내 문제였다. '내 아내는 그래도' 하고 믿는 사람들도 내심 혹시나 아내가 놀아나지나 않을까 하는 걱정이 가장 큰 걱정이었다.

"아내 곁으로 빨리 가긴 가야지요. 하지만 일단 결심을 하고 나온 이상 빨리 돌아가기만을 바랄 수야 없지요. 그러나 이건 어디까지나 지금 생각이에요."

대답과 함께 그의 얼굴에는 괴로워하는 기색이 언뜻 스쳐지나갔다. 그래서 나는 더 이상 그 이야기는 꺼내지 않았다. 신혼으로 떠나왔다는 그가 계약기간을 연장하겠다고 한다면 그 각오도 각오지만 그에 따르는 고통은 묻지 않아도 충분히 알 수 있는 것이었다. 우리는 그날 술을 많이 마셨다. 술은 견제하지 않으면 안 되는 것이었다. 그런 사실을 알면서도 우리는 자동 제어장치가 풀린 기계처럼 술을 퍼마셨다. 그런 다음 그는 자신의 서울 집 전화번호를 적어주었다.

"잘 가시오. 부디 잘 가시오."

그는 혀 꼬부라진 소리로 배우가 대사를 외듯 중얼거렸다. 그 말들을 듣자 나는 이 말이 그와 이곳에서의 마지막 말일까 어떨까 하는 생각을 했고 다음 날에 그와 대면을 하고 떠날 수 있기를 바랐다.

"잘 가시오. 부디 잘 가시오."

숙소 입구에서 각자의 방으로 헤어져야 했을 때도 그는 똑같이 반복했다. 그 말이 무슨 암호처럼 들려서 나는 비틀거리며 멀어져가는 그의 뒷모습을 한동안 물끄러미 보고 있었다.

다음 날 나는 눈을 뜨기가 바쁘게 띵한 머리를 흔들며 그의 숙소 앞으로 달려갔다. 어느새 해는 환히 떠올랐고 시계를 보니 그가 현장으로 나갈 시간이 임박해 있었다. 아닌 게 아니라 그는 작업복에 안전모까지 쓰고 곰에게 먹이를 주고 있었다.

"갈 길이 바쁠 텐데 뭘 여기까지……"

그는 웃어 보였다.

"이젠 정말 헤어질 때가 됐나봅니다."

나는 그에게 악수를 청했다.

"잘 가시오. 부디 잘 가시오."

그는 어젯밤 술이 아직 덜 깨어서인지 똑같은 소리를 했다.

"예. 건강히 있다가 서울에서 만납시다."

"그럽시다."

"그럼……"

우리는 잡았던 손을 놓고 서로를 바라보았다.

"서울에서 만나면 이 곰 얘기도 들려드리리다."

"좋습니다."

그러고 나서 우리는 헤어졌다. 그 뒤로 그를 거의 잊다시피하고 지낼 수밖에 없었다. 그래도 자카르타에 있을 때는 한 다리 건너서나마 서로 소식을 전할 길은 없지 않았으나 특별히 그럴 만한 거리가 없었다고 해야겠고, 서울에 와서는 그는 내게는 단지 스쳐지나간 사람에 지나지 않았다.

그런데 이상한 일이었다. 어느 날, 잊었던 그가 갑자기 떠오르기 시작했던 것이다. 그것은 바로 곰 때문이었다. 그 무렵 곰한 마리가 인가 부근에 나타나서 수색 차 나갔던 경찰이 엉겁 결에 쏘아 죽인 사건이 발생하고 있었다. 신문에는 이 곰이 야생마의 곰이냐 아니면 사육하던 곰이냐 하는 문제로 옥신각신하는 글도 실렸고, 꼭 죽였어야 했느냐, 생포할 수도 있지 않았느냐 하는 문제로 옥신각신하는 글도 실렸다. 죽은 곰의 쓸개가 얼마에 팔렸으며 그 겉모습은 박제로 남았다는 보도도 잇따랐다. 이 과정에서 얼치기 자연보호자들의 활약이 두드러지는 특징도 보였다. 곰 한 마리가 온통 국민들의 관심사가 되어, 곰 할머니의 자손들답구나 하는 느낌을 불러일으켰다. 그러나 이 곰 소동의 마지막 단계까지도 나는 그를 떠올리지 못하고 있었다. 그만큼 그는 내게서 멀어져 있었던 것이다.

그가 기르던 곰은 어찌되었을까. 그는 어찌되었을까.

곰 소동이 일단락될 무렵에야 나는 비로소 이렇게 묻고 있는 나를 발견했다. 나는 우선 그의 얼굴을 기억하려고 해보았다. 하지만 그의 얼굴은 마치 열대의 강한 햇빛을 역광으로 받은 듯 그림자 속에서 어른거릴 뿐이었다. 그러자 수마트라에서의 무미건조했던 생활이 그리움을 동반하고 되살아났다. 혼자서 디딜방아처럼 움직이며 땅 밑의 석유를 퍼올리던 외로운 유정들, 하늘 높이 불길을 내뿜던 폐유 처리 굴뚝들, 길가의 미모사 풀들, 서로 뒤엉켜 죽고 썩고 또 새로운 덩굴을 뻗으며 주황빛의 꽃을 피우던 기생 식물들, 그리고 도마뱀들, 기계들도, 식물들도, 동물들도, 하물며 하늘이며, 땅이며, 강아지도 모두 외로운 생존경쟁에 시달린 모습이었다.

그는 어찌되었을까. 귀국을 했을까.

나는 침대 밑 어디엔가 처박아두었던 옛 일기 수첩을 꺼냈다. 앞머리에 '수마트라의 동쪽에서'라고 적어놓은 그 간단한 수첩에는 그의 이름이 적혀 있었고, 깃털을 극락조처럼 펼친 새가 새겨진 오십 루피아짜리 동전이 끼워져 있었다. 그리고 가루다에서부터 오른손으로는 밥을 먹고 왼손으로는 밑을 닦는다는 습관에서부터, 주로 처음 며칠 동안의 인상이 적혀 있었다. 나는 그가 적어준 전화번호를 찾아냈다.

잘 가시오.

그의 전화번호는 여전히 그렇게 말하고 있는 듯했다. 나는 천천히 다이얼을 돌렸다. 따르릉따르릉 신호음이 가고 있었다.

"여보세요."

여자의 목소리였다. 아내일까. 나는 그의 안부를 물었다. 그의 얼굴을 기억하려고 해보았으나 얼굴은 가물가물했다.

"그인 아직 귀국하지 않았어요."

"그렇군요. 그렇게도 짐작을 해보긴 했습니다. 그 사람 한밑천 단단히 잡을 생각인 모양이던데요. 곰을 벗 삼아서. 마침 신문에 곰 얘기가 나와서 생각이 났었습니다."

"곰을 벗 삼아서라고요?"

"네. 아무튼 그럼 안녕히 계십시오."

그가 아직 귀국을 하지 않았다면 그는 아직 수마트라에 있을 것이었다. 만약에 칼리만탄까지 가려는 계획이 실현될 경우에는 그의 외국 체재기간은 더 길어질 것이지만, 그 무렵 인도네시아 정부가 자원의 보호를 새삼스럽게 들고 나오는 추세에 있어서 그것은 아마도 어려울 듯이 여겨졌다. 나는 가벼운 마음으로 전화를 끊으려 했다.

"아, 여보세요, 잠깐만. 끊지 말아주세요."

여자가 급히 말했다.

"네?"

"실례지만 잠시 시간을 내주실 수 없으신지요?"

"무슨 일인데요?"

그러나 나는 여자가 아내로서 그 남편의 이야기를 듣고 싶어 하고 있음을 알아차렸다.

"부담은 갖지 마시고 잠시만 시간을 내주셨으면 합니다. 잠시만 곰 얘기를 자세히 듣고 싶어서입니다."

"곰이라니요?"

"그이가 키운다는 곰 말이에요."

"그게 뭐 얘깃거리가 있나요. 그 사람 하도 따분하니까 기른다고 했는데요. 그게 답니다."

사실 그가 기르는 곰에 대해서 나는 자세히 할 만한 이야기가 없었다.

"아무튼 뵀으면 합니다. 승낙해주시겠지요?"

"그러지요."

승낙을 하고 나자 예전의 의혹이 되살아났다. 그가 곰을 기른 데는 과연 무슨 비밀이 있기는 있었던 것일까.

저녁 무렵 그녀는 약속 장소인 경양식집에 먼저 나와 기다리고 있었다. 약속대로 카운터에 용건을 말하면서부터 나는 구석자리의 여자가 그 여자임을 감지할 수 있었다.

"시간을 내주셔서 고맙습니다."

그녀는 앉은 채로 고개를 약간 숙였다. 이십 대 후반쯤일까. 약간 어두운 실내에서 그녀는 젊다기보다는 어려 보이는 인상이었다. 나는 허리를 굽히며 자리에 앉았다.

"여긴 자주 오시는 데인 모양이지요?"

나는 주위를 둘러보며 어색함을 그렇게 표현했다.

"아뇨, 그리 자주는 어떻게…… 저녁을 하실까요? 제가 청했으니 제가 사겠어요."

"글쎄요……"

저녁 식사는 좀 이르다 싶은 느낌이었다.

"거기서는 별맥주를 주로 드셨다고요? 별을 거기 말로 뭐라더라…… 맹탕이라든가요?"

나는 웃었다.

"아하, 그 사람 그런 얘기까지 써 보냈군요. 맹탕이 아니라 빈탕입니다. 별, 제일 흔한 맥주거든요."

"그럼 맥줄 드세요. 술 좋아하신다고요."

그녀는 맥주를 시켰다. 나는 그가 의외로 상세한 사항까지 편지를 써 보내고 있었던 것에 놀랐다. 그러면서도 그는 막상 그의 아내에 대해서는 내게 거의 이야기한 적이 없었다. 매우 직선적이고 쾌활한 성격이로군, 그렇게 느끼며 나는 마음이 편안해졌다.

"그이하고는 친하셨다죠?"

그녀가 나를 정면으로 쳐다보며 물었다. 그곳에서는, 다른 사람들보다는 개인적으로 그래도 많이 어울린 것은 사실이었다.

"글쎄, 그 사람은 집에 자세하게 내 얘기를 한 모양입니다만 나는 그렇지 않았던 걸 보면 갑자기 잘 모르겠다는 생각이 드는군요."

나는 솔직하게 대답했다. 자주 어울리면서도 헤어질 때까지 서로 존댓말을 쓴 것만 해도 그랬다. 그리고 그는 사생활에 대해 말하기를 꺼려왔었다. 우리는 친한 사이였을까.

"하기야 그이에 대해서는 아내인 나도 모르는 구석이 많으니까요."

그녀가 고즈넉하게 말했다. 나는 주머니에서 담배를 꺼냈다.

"담배 저도 한 대 주시겠어요? 여자가 담배 피운다고 흉보시진 않으시겠지요?"

"그럼요. 실은 저희 집사람도 피우는걸요. 오히려 남자인 내가 끊으려고 하는 판입니다."

나는 아무렇지 않게 받았으나, 조금은 놀라고 있었다. 수마트라에서의 그를 생각하면 그의 아내는 알뜰하고 요조한 숙녀형이어야 마땅했다. 그런데 이 여자는 나라는 웬 남자와 마주 앉아 담배를 피우며 술을 시키고 있다…… 나는 라이터를 켜서 그녀의 담배에 불을 붙이고 이어서 내 담배에도 불을 붙였다. 그러는 사이에 술과 안주가 날라져왔다.

"제가 한 잔 따르겠어요."

그녀의 행동은 이미 나를 이끌어가는 꼴이 되고 있었다. 나는 잔을 받고 나서 이번에는 내가 그녀의 잔에 따랐다.

"자, 한 잔 하시죠."

내가 잔을 들자 그녀도 잔을 들어 우리는 가볍게 서로의 잔을 마주쳤다.

"이게 다 곰 덕분인 것 같습니다."

나는 우스갯소리처럼 말하고 나서 잔을 입으로 가져갔다. 몇 모금 마시다가 잔을 입술에 댄 채로 문득 그녀에게 눈길을 돌렸을 때, 나는 나보다 먼저 그렇게 하고 있는 그녀의 눈길을 보았다.

"그럼 이제부터 곰 얘기를 해주시겠어요?"

그녀가 잔에서 입술을 떼고 말했다.

"하지만 전화로도 말했듯이 별로 할 얘기가 없습니다. 무슨 얘기를 원하는지도 모를 뿐만 아니라 편지에 워낙 자세히 썼을 텐데요."

"아뇨. 저도 이상해요. 곰 얘긴 조금도 안 비쳤거든요. 아까 곰을 벗 삼아 지낸다는 게 무슨 뜻인지조차 모르겠던걸요."

"그럴 리가?"

정말 알 수 없는 일이었다. 그에게 곰을 기르는 일은 중요한 일이었다. 그럼에도 불구하고 맥주 마신 일까지 시시콜콜 써 보낸 그가 곰에 대해서 써 보내지 않았다는 것은 믿기 어려운 노릇이었다. 나는 그녀가 거짓말을 하고 있지는 않은가 얼굴을 살폈으나 그런 것 같지는 않았다. 거짓말을 할 까닭도 없었고 또 그럴 만한 내용도 아니었다.

"그 사람은 곰 한 마리를 길렀습니다."

나는 내가 아는 한도 내에서 말할 수밖에 없다고 전제하고 수마트라에서의 일들을 더듬어나갔다. 매일 때맞춰 먹이를 주던 그의 모습, 말레이 곰, 웅담, 그리고 어느 정도 자라면 잡을 수밖에 없다는 것.

"그이가 곰을 잡는다고…… 지금 그러셨어요?"

간간이 맥주잔을 기울이며 잠자코 듣고 있던 그녀가 눈을 빛냈다.

"그렇지요."

그는 결국 그럴 수밖에 없다고 했었다.

"아."

"그녀가 갑자기 현기증이 난다는 듯 이마에 손을 짚었다.

"왜 그러십니까?"

"이제 조금 알 것 같아요. 네, 알 것 같아요."

그녀가 손을 이마에 짚은 채로 머리를 끄덕거렸다.

"뭘 말입니까?"

나는 영문을 알 수 없었다.

"알 것 같아요. 그이가 왜 곰 얘기를 안 했는지……"

그녀는 조금 전보다 훨씬 크게 머리를 끄덕거렸다.

"왜 안 했습니까? 난 별 신통한 얘기를 못 드렸는데요."

내 말의 어디에서 그녀는 실마리를 발견한 것일까. 나는 자못 궁금한 눈초리로 그녀를 쳐다보았다. 그도, 그의 아내도, 서로가 숨바꼭질을 하는 사람들처럼 여겨지기도 했다.

"그래도 알 수 있을 것 같아요. 아니, 그이가 편지에 한 구절도 비치지 않았다는 게 더욱 확실한 증거라고 할 수 있어요. 확실해요."

그녀가 내게 수수께끼를 던지고 있다는 생각이 들었다.

"그 사람은 따분해서, 시간을 죽이기 위해서 곰을 길렀지요. 거기에 뭐 그리 대단한 이유가 있다고는 생각되지 않는데요."

"그이는 단순히 따분해서 짐승을 기른 것이 아니에요. 남들에게는 대단한 이유가 못 되겠지만요."

그녀는 가벼운 한숨을 쉬었다.

"무슨 이유가?"

나는 예전에 내가 가졌던 의혹이 되살아났다.

"그이는 시간을 죽이기 위해서 짐승을 기른 게 아니라, 그 짐승을 죽이기 위해서 기른 거예요."

그녀가 자신의 빈 잔에 맥주를 따랐다.

"어차피 죽이지 않을 수 없지요. 별수가 없으니까요. 어디다 팔 수도 없고."

나는 그녀의 말뜻을 잘 알아듣지 못하고 있었다.

"그게 아니에요. 나중에 어쩔 수 없어서 죽일 수밖에 없는 것이 아니라 애초부터 오로지 죽인다는 그 사실만이 중요했던 거란 말이에요. 어쩔 수 없어서 죽일 수밖에 없다는 건 위장일 뿐이에요. 훌륭한 구실이 주어진 셈이지요. 다시 말하면 그 짐승이 곰이건 뭐건 나중에 죽일 수 없는 짐승이라면 그인 기르지 않았을 거란 말이에요. 만약에 곰을 길러 산 채로 값이 많이 나간다면 죽일 수 없지 않겠어요? 죽일 수야 있을지 모르지만 남들에게 이상하게 보이지 않겠어요? 그러니까 그인 도리 없이 죽일 수밖에 없지 않느냐 하는 구실을 용케 포착한 거예요."

"글쎄요."

그녀의 설명에도 불구하고 한발 더 미궁으로 빠져들어간 느낌뿐이었다. 어쩔 수 없이 죽일 수밖에 없다는 결과와, 애초부터 죽일 것을 노리고 있다는 결과의 차이는 크다. 그것은 타의에 의한 결과와 자의에 의한 결과의 차이다. 그의 아내가 무엇인가 지나치게 과민하게 추리하고 있는 듯도 싶었다. 요컨대 그녀의 말은 그가 살의(殺意) 때문에 곰을 기르고 있었다는 뜻이었다. 나는 언젠가 그가 고향집에서 기르던 오리를 동네 악동들과 어울려 잡아먹던 추억을 이야기하며 즐거운 회상에 젖던 모습이 떠올랐다.

"뒷산에 올라가 오리를 잡아 꼬챙이에 꿰어 구워 먹으면 맛이 기막히지요. 오리 바비큐지요."

"그인 스스로를 막다른 골목에 다다르게 한 거예요."

"글쎄요."

"죽여야 할 게 거기 있고, 죽여서 마땅하고 자연스러운 기회를 스스로 만든 거지요."

"모르겠습니다. 오로지 죽이기 위해서 길렀던 거라면 아예 큰 놈을 한 마리 사서 그럴 수도 있을 텐데요. 곰값이 개값이니까요."

"아, 그건 그렇지 않아요."

그녀는 웃으면서 손을 들어 내 말을 부인하고 나서 잠시 무슨 생각엔가 잠겼다가 다시 말을 이었다.

"그인 그럴 수는 없는 사람이에요. 그인 지나치게 쇠약한 사람이니까요. 집 안의 바퀴벌레 한 마리 잡지 못해요. 병적이었지요. 어렸을 때 닭을 잡다가 놓쳐서 실패한 뒤로 그렇게 됐다고 해요. 그인 매사에 자신이 없는 게 벌레 한 마리 잡지 못하는 나약함 때문이라고 생각하고 있었지요. 그이가 외국에 간건 돈보다도 그런 성격을 바꿔보려는 의도였어요. 그이 스스로도 그런 성격에 넌더리를 냈으니까요. 그인 여태껏 그이와는 다른 사람이 되기를 꿈꾸고 간 거예요. 그러니까 그인 곰을 키운 게 아니라 스스로의 의지를 키우고 있었던 게 분명해요."

"힘든 얘기군요."

나는 그가 처한 상황을 조금은 이해할 듯했다. 그렇다면 그가 오리를 잡은 추억을 즐겁게 회상한 것은 오리구이의 맛보다도 그와 같은 결행력을 말하고 있었던 것이다. 그의 상황과는 다르다 하더라도 나 또한 돈만이 목적은 아니었었다. 나도 어떤 계기를, 전기를 마련하고자 떠났었다. 그때부터 이미 민지와의 파국은 면하기 어려웠던 것인지도 모른다. 생각이 여기에 미치자, 그가 남이 보기에는 하찮기만 한 일로 그토록 고

심하고 있었다는 사실이 하등 이상해 보이지 않았다. 나는 한 여자와 꽤 오래 사귀었지만, 처음에는 전혀 느끼지 못했던 알 수 없는 열패감(劣敗感)에 사로잡히고 말았던 것이다. 그것은 단지 내 문제였다.

"곰 얘기 덕분에 중요한 실마리가 풀린 느낌이에요."

몽롱한 정신으로 고개를 숙이고 앉아 있던 그녀의 목소리에 퍼뜩 고개를 들었다.

"아니 오히려 실마리를 푼 것은 이쪽입니다."

그러나 내 정신은 여전히 몽롱하기만 했다. 나도 그처럼 주도면밀하게 스스로와 싸웠어야 했다. 나는 자카르타 남쪽의 반둥에서도 사십 킬로미터 더 남쪽 가룻이라는 곳으로 갔던 날을 기억하고 있었다. 날씨는 맑았고, 히비스커스 꽃은 아름답게 피어서, 우리 몇은 차에 음료수와 과일을 잔뜩 싣고 소풍 가는 기분으로 떠났었다. 거기, 영웅 묘지라는 뜻의 마캄 팔라완에 들렀을 때, 규모가 작은 데 적이 실망되었지만, 수소문한 대로 코마루딘의 묘소를 쉽게 찾을 수 있었다. 코마루딘은 믿음의 빛이라는 뜻으로서 한국인 양칠성(梁七星)의 다른 이름이었다. 그는 일제시대에 직접 통지서를 받고 일본군에 끌려 인도네시아까지 왔다가 탈주하여 그 뒤 인도네시아 독립투쟁에 가담했다가 전사한 사람이었다. 그의 묘소 앞에서 나는 이역 만리에서 숨겨간 혼백을 위로하러 왔다기보다 나를 위로하러 왔다는 느낌이 들었다. 그의, 어찌 보면 기구하고 어찌 보면 파란만장한 생애에 비하면 내 생애란 좀스런 생애에 지나지 않는다고 생각하니 갑자기 견딜 수 없이 온몸이 답답해왔었다. 열대라는 혁대로 꼭 조여맨 듯했다.

삶……

돌아오는 차 안에서 나는 알 수 없이 감상적인 느낌에 혼자 눈시울을 붉히며 나를 비롯한 모든 평범한 삶에 대해 끝없이 솟구치는 적의를 짓씹고 있었다.

"그만 일어설까요?"

"왠지 답답한 심정이었을 뿐만 아니라 이야기도 대충 끝났고 맥주도 바닥이 나 있었다.

"그러시죠."

우리는 자리에서 일어났다. 바깥에 나오자 거리는 이제부터 진짜 밤이라는 듯 특유의 활기에 넘쳐 있었다.

"어떻게 하시겠습니까? 저는 아무래도 소주나 한잔 더 하고 가야겠습니다. 오늘 맥주 잘 얻어먹었습니다. 그럼."

나는 작별을 고했다.

"혼자서요?"

"혼자서도 자주 먹습니다."

"듣던 대로 술꾼이시군요. 실례가 안 된다면 동행해도 될까요? 소주는 자신이 없지만."

"포장집 같은 데 아무 데나 들어갈 참인데 이쪽이 오히려 실례가 안 될까요."

나는 말을 마치기도 전에 두리번거리며 술집을 찾았다. 멀리 포장집의 불빛이 눈에 들어왔다. 그녀와 빨리 헤어져 홀가분해지고 싶은 마음뿐이었으나 어쩔 수 없는 노릇이었다.

어쨌든 그녀와 동행한 것은 잘못된 일이었다. 어쨌든이라고 나는 썼다. 어쨌든.

포장집에서부터 나는 기갈이 들린 사람처럼 소주를 퍼마셨다. 그것은 실제로 목마름과 굶주림이었다. 그 나약한 사내의 병적인 심리가 내게 옮아온 것일까. 갑자기 모든 게 막막하고 답답하게만 느껴졌다. 나는 급속도로 취해가고 있었다.

"부인은 어떤 분이세요?"

그녀가 물었다. 포장집에서 다른 사람의 아내가 내 여자에 대해서 물어온다는 것은 거북한 일이었다.

"아직 결혼을 안 했습니다."

"그러세요?"

의외라는 반응이었다.

"음대를 나와서 집에서 바이올린을 가르치는 애인이 있지요."

"그러시겠죠. 의대에 다니는 시동생이 하나 있는데 바이올린을 배웠으면 한대요. 걘 재주가 많은 애예요. 피아노두 잘 치구. 마침 잘됐네요. 마땅한 데가 없어서 오늘내일하고 있던데, 글루 보낼까요?"

"사양하겠습니다. 애인 학생 모집까지 하러 다니지는 않으니까요."

나는 손을 내저었다.

"의대 공부가 그렇게 쉽습니까? 그런 것두 하게. 바이올린, 어렵습니다."

"걘 그런 덴 광적이에요."

"그 덕에 나도 활은 잡아봤습니다. 연애 재미에 홀려서…… 지선(G線)에서부터 한 줄씩 익혀나가지요. 바이올린 줄이 몇 갠 줄 아십니까?"

술기운에 제법 허풍이 나왔다.

"글쎄요. 기타 줄과 같지 않을까요?"

그녀는 웃음을 지었다.

"기타 줄을 모르시다니요. 기타 줄은 여섯이에요."

"바이올린 줄은 넷."

나는 엄지손가락을 접고 나머지 네 손가락을 펼쳐 보였다.

"피장파장이군요. 하지만 기타 줄을 모른 건 너무하셨어요."

"기타 줄에 실은 사랑이라는 게 뜨내기 사랑이라는 건 압니다."

술을 마셔본 사람은 다 아는 바이지만 술 취함에는 고비가 있는 것이다. 나는 그때 고비를 넘고 있었던 것 같다.

"바이올린을 얘기하는 중이었어요. 바이올린을 켜는 평범한 여자와."

"그랬었습니다. 바이올린 줄은 네 줄이지요. 처음에 바이올린을 턱주가리 밑에 끼워 손 안 대고 고정시킬 수 있게 자세를 잡고 한 줄씩 연습해나갑니다. 지(G)선, 디(D)선, 에이(A)선, 이(E)선."

나는 말을 이어나가면서도 내가 왜 이따위 말을 하는가 하고 생각하고 있었다.

"재미없는 얘기 같습니다."

"아뇨. 해보세요. 전 줄이 몇 개인지는 몰랐지만 그 악기의 섬세한 소리는 좋아해요."

"하지만 그런 훌륭한 소리까지 얘기할 자격은 없습니다. 어거지로 세 줄까지 그어나갔습니다. 재미였죠. 세 줄째까지 긋게 되면 헨델의 〈보아라 용사〉 그곳을 더듬더듬 짚을 수 있습니다. 바이올린은 이상한 악기입니다. 한 줄만으로도 훌륭한 음악이 되니까요. 파가니니는 일부러 줄을 끊어가면서 연주를 했다잖습니까. 그리고 지선만 가지고 켜는, 바흐의 〈G선상의 아리아〉……"

내가 왜 그녀 앞에서 얄팍한 풍월로 계속 되잖은 소리를 하고 있는지 알 길이 없었다. 게다가 나는 바이올린에 대해서는 흥미를 잃은 지 오래였었다.

"전 에프(F)선상의 아리아에 조마조마했는데, 학점 말이에요."

그녀의 말과 함께 내 바이올린 이야기도 끝났다. 하마터면 예후디 메뉴힌에서부터 아는 소리, 모르는 소리 횡설수설할 뻔하였다. 모골이 송연한 일이었다. 그러고 나서 나는 그녀가 평범한 '애인'의 미모냐고 묻는 말을 들었고, 다시 언제 한번 시간을 내서 자신이 경영하는 조그만 양장점에 그녀를 데리고 오라고 말했다. '실비로 해드릴게요.' 나는 학생 때 자취

를 하던 집 창문으로 내려다보이던 골목 맞은편의 양장점 창
문이 떠올랐다. 앞쪽의 화려한 상점에 딸린 뒷방의 창문이었
다. 여름날 늦게 시를 쓰다가 이쪽 불을 끄고 내려다보면 환하
게 불 켜진 그 창문 안에서는 웃통은 아예 드러내놓은 채 팬티
만 걸친 여자들이 젖통을 출렁거리며 마녀들처럼 왔다 갔다
하는 모습이 눈에 들어왔다. 그럴 때면 여자들은 화장실에도
가지 않고 그 바닥에 주저앉아 그대로 오줌을 누었다. 전모가
보이지는 않아도 여자들이 한구석에 쪼그리고 앉았다가 일어
나 물 한 바가지를 퍼서 버리면, 그것이었다. 어떤 신분의 여자
건 집 안에서 웃통을 벗고 팬티 바람으로 다녀본 경험이 없는
여자는 없을 것이며, 또 화장실이 아닌 곳에서 오줌을 누어본
경험이 없는 여자는 없을 것인데, 유독 양장점 여자만 그러리
라고, 늘 그러리라고 생각하는 것은 거기서 얻어진 내 편견이
다. 그 양장점 여자들의 몸은 내가 상상하고 있던 여자들의 몸
보다 훨씬 풍만했다. 내가 그 여자들의 몸을 마른침을 삼키며
훔쳐보면서도 한편 마녀들 같다고 느낀 것은 그 풍만함 때문
이었는지도 모른다. 종종 길에서 옷을 말끔하게 차려입은 그
녀들을 만날 수 있었다. 그럴 때면 이 여자가 창문 속의 그 벗
은 여자와 어떻게 같을 수 있는가 놀라곤 했다. 엑스레이로 비

춘 그 여자의 해골이 그 여자와 어떻게 같은가 연상할 수 없듯이. 그래서 여자들의 얼굴이 어떤 다른 사람의 머리에 가면처럼 덮어쓴 건 아닐까 하는 기괴한 생각에 빠져든 적도 있었다. 그 양장점 창문 안은 밖으로 나가기 위해서는 제 목을 잘라 머리를 받쳐 들고 나가야 하는 형벌을 영원히 짊어진 여자들이 갇혀 있는 지옥 같았다. 그러나 나는 그 지옥을 들여다보는 데 혹독한 재미를 붙여, 찌는 듯한 여름이 결코 가버리지 않기를 바랐었다. 그 창문 안을 들여다보았던 그 여름은 그런 만큼 내게도 지옥이었던 셈이다. 때때로 나는 그 여자들 중의 하나와 성교를 하는 꿈을 꾸며 몽정을 했다.

누구였을까. 여자는 조금의 부끄러움도 없이 옷을 벗고 따뜻한 몸이 뱀처럼 미끄럽게 밀착되어 왔다. 메기처럼 미끌미끌한 혀가 먼저 내 입속으로 뻗어 들어왔다. ……나는 성홍열(猩紅熱)을 앓는 사람처럼 열에 들떠 숨을 가쁘게 몰아쉬면서, 여자의 몸 곳곳으로, 내 절망과 같은 구순(口脣)의 탐닉에 빠져 들어갔다. 그것은 먹으면 먹을수록 배고파지는 음식과 같았다. 침대 위에 눕혀진 여자는 커다란 파충류처럼 몸을 뒤척였으나, 그러나 이제는 사로잡힌 작은 새에 지나지 않았다. 나는 여자의 몸에 내 몸을 포개고 결코 다시는 헤어 나오지 못할 심연

속으로 깊이깊이 빠져들어갔다. 여자의 몸은 바이올린의 공명
통처럼 진동하며 울리기 시작했다.

얼마쯤의 시간이 지났을까.

"가보셔야죠."

목소리가 들려왔다. 그랬었구나. 나는 말없이 일어나, 방바
닥에 아무렇게나 벗어 던진 옷을 챙겨 입었다.

"뒤돌아 계세요."

나는 벽을 향하고 뒤돌아서서 담배를 피워 물었다. 그리고
그녀가 침대에서 내려와 옷을 입는 모습을 거울을 통해 멍하
니 보고 있었다. 그랬었구나.

늦은 시간이었다. 바깥에 나오자 차들이 마지막 질주들을
하고 있었다.

"그럼 안녕히."

나는 참담하게 말했다. 그녀는 대답 대신 가볍게 고개를 끄
덕였다. 나는 천천히 돌아서서 걷기 시작했다. 그랬었구나. 발
걸음이 허청거리는 듯했다.

"잠깐."

뒤에서 그녀의 목소리가 들려왔다. 나는 멈춰 서서 뒤를 돌
아보았다.

"할 말이 있어요."

그녀가 한 발짝 한 발짝 지르밟듯 다가왔다. 나는 미동도 하지 않고 서 있었다. 자동차의 헤드라이트 불빛에 그녀의 눈이 반짝하고 빛났다.

"말을 안 할까 했지만, 그인 이 세상에 없습니다. 혼자서 차를 몰고 가다가……"

그녀의 말은 차분하게 가라앉아 있었다. 그녀가 하는 말의 뜻이 무엇일까…… 하다가 퍼뜩 정신을 가다듬은 순간, 그녀는 벌써 돌아서서 걷고 있었다. 그인 이 세상에 없습니다. 그는 이 세상에 없다. 즉, 죽었다는 말이겠지? 혼자서 차를 몰고 가다가…… 현장 부근의 비포장도로가 눈앞에 어른거렸다. 오로지 석유를 얻기 위해서만 소용되는 길이었다. 그 길은 비가 오면 패는 것을 방지하기 위해 표면에 도장해놓은 기름으로 번들거렸고, 비가 조금이라도 오면 자동차는 눈 위에서처럼 미끄러졌다. 비 온 날 그 길로 차를 몰았다는 것이었다.

그인 이 세상에 없습니다.

그는 죽었다.

그러자 웬일인지 그가 사고로 죽은 것이 아니라는 생각이 들었다. 절대로 사고로 죽을 사람은 아니었다. 그러면? 불행히도, 죽은 사람은 말이 없다는 말이 있었다. 하지만 그는 절대로 사고로 죽을 사람은 아니었다. 사고로 죽을 사람과 그렇지 않은 사람이 따로 있지야 않겠지만, 그만은. 그러면? 그인 이 세상에 없습니다. 그녀의 말을 듣는 그 순간 나는 자살이라는 낯말을 떠올리고 있었다. 그리고 그가 곰을 죽이지 못했다고 생각되었다. 만약 그가 곰을 죽일 수 있었다면 그는 비 온 날 차를 몰지 않았으리라는 생각도 들었다. 아무 근거는 없었으나 나는 내 추리를 믿었다.

그 뒤로 나는 그녀를 만나지 못했다. 만나고 싶은 마음이 없어서가 아니었다. 만나고 싶은 욕망은 늘 나를 괴롭혔다. 하지만 그럴 수가 없었다. 왜 그러냐고 묻는 사람이 혹시 있다면 그 사람도 이미 간음을 한 사람에 속한다. 그러나 그래도 굳이 묻는 사람이 있다면 나는 대답할 수밖에 없다. 그것은 다른 무엇을 염두에 두어서가 아니라, 이제는 이 세상에 없는 그 때문이었다. 그는 죽었다. 만약 그가 곰을 때려잡든지 찔러 잡든지 하면서 새 삶을 도모하고 있었더라면 나는 오히려 그녀를 만나러 갔을 것이었다. 그러나 그는 죽었다.

잘 가시오.

친구.

부디 잘 가시오.

그의 죽음과 더불어 인도네시아에서의 우리들의 나날도 없었던 것처럼 여겨졌다. 우리가 '빈탕' 맥주를 마시고 숙소로 돌아올 때, 밤하늘의 남십자성(南十字星)을 향해 턱을 쳐들고 '남쪽나라 십자성은……' 하고 노래를 부른 적이 과연 있었던 것일까.

어쨌든 나는 그녀와의 만남으로써 내 방황의 과거를 끝낼 어떤 실마리를 본 느낌이었다. 그것은 내게 어쭙잖게 오징어잡이배니 뭐니 기웃거리기보다 어디론가 멀리 떠나는 일에 용기를 불어넣어주었다고 나는 믿는다. 섬에 얽힌 몇 가지 이야기보다도 이것이야말로 진정한 동인(動因)이었다. 무엇인가 잔뜩 억눌렸던 가슴을 펴며 나는 진저리를 쳤다.

바오밥나무

내가 바오밥나무를 알게 된 계기는 출판사에 다니며 《식물 사전》을 만들면서였다. 그 나무는 세계에서 가장 오래 사는 나무라고 했다. 그런데 친구는 생텍쥐페리의 동화 《어린 왕자》 덕분에 알게 되었다고 말했다. 그 책은 그 밖에도 보아 구렁이와 코끼리와 소행성에 대하여 우리에게 상상력을 불러일으켜 준다고도 덧붙였다. 그래서 나는 아프리카 마다가스카르 섬의 바오밥나무 군락지 사진을 보면서 아주 오래된 어떤 세계를 머릿속에 그려 넣었고, 미래를 걱정하는 마음을 키울 수 있었고 말했다. 그는, 그 나무 위 하늘 아득한 높이에 《남방 우편기》라는 소설의 비행기가 떠서 날아가고 있으며, 그 조종간을 잡은 그가 지구를 내려다보는 상상력도 누릴 수 있었다고 말했고, 나는 우리가 언젠가 직접 그 나무를 보게 될 날이 있을 거라고 말했다.

　적도로 가기 전, 나는 친구가 쓴 글을 읽었었다. 아마도 무슨 참고가 되라고 보낸 거겠지, 하고 받아 든 나는 그가 아직도 문학도로 남아 있다는 현실에 새삼 놀라지 않을 수 없었다. 우리는 함께 우리 시를 이야기하며 대학을 다녔으나, 나는 이제 시를 놓고 있었다. 그런데 그가 내게 넘긴 글은 시가 아니라 보다 긴 글, 소설인지 아닌지 모를 긴 글이었다. 나는 차근차근 읽어 내려갔다. 다음에 옮겨놓는 〈바오밥나무〉라는 제목의 그 글은 그가 말했듯이 나보다 먼저 바오밥나무를 보았다는 확실한 기록이기도 했다.

*

　판유리가 깔린 식탁에는 언제나 식사를 할 수 있도록 상이 보아져 있었다. 그는 부엌에 딸린 식당에서 쥐처럼 달그락거리며 혼자 밥을 먹었다. 억울하다는 듯 입을 비죽거리며 스테인리스 밥그릇에 완강하게 말라붙어 있는 밥알까지 떼어 먹었다. 입술에 닿는 마른 밥알의 감촉은 아내가 사다 꽂아놓은 드라이플라워를 연상시켰다. 그보다, 감방의 수인들은 밥풀을 짓이겨 견고하고 정교한 열쇠를 만든다고도 했다. 열쇠를 생각하자 웃음이 나왔다. 열쇠처럼 고독한 건 세상에 다시없을 거야. 잠들어 있는 것을 열고 비어 있는 것을 열고 죽어 있는 것을 열고, 캄캄한 것을 열어야 하니까. 이웃집 처마 옆에 서 있는 외등의 불빛이 불 꺼진 마루의 창으로 비춰 들어오면서 커다란 나무 그림자를 벽면에 드리웠다. 그림자는 천천히 일렁거렸다.

아내는 늦게까지 돌아오지 않았다. 무슨 일이 난 것일까. 그는 처음에는 짜증부터 났지만 시간이 흐를수록 초조해졌다. 집으로 돌아오던 길에 땅거미가 깔리는 전철역 입구에서 보았던 여자의 모습을 기억했다. 길거리에서 예기치 못한 채 아내를 본 순간 낯선 사람보다도 더욱 생소한 느낌이 들었다. 아내는 특별히 할 일이 없는 사람만이 갖는 무방비한 몸짓으로 구둣방인가 그 옆 액세서리점인가를 들여다보고 있었다. 사람들이 바삐 아내의 곁을 스쳐갔지만, 아내는 누구 하나 거들떠보지도 않았다. 그냥 천천히 걸으면서 마치 정신과 병동에서 방금 나온 사람이기라도 하다는 듯 의미 없는 눈길을 잠깐씩 어디엔가 던지곤 했다. 넋을 놓고 있는데도 그 얼굴은 어둡고 침울했다. 그는 그와 같은 아내의 모습을 여태껏 본 적이 없었다. 아내는 총명했고 재기가 발랄한 편이었다. 그런데 그런 아내와 전혀 다른 모습을 발견한 것이었다. 언젠가 그는 곤히 잠들어 있는 아내의 얼굴을 들여다본 적이 있었다. 그는 아내가 아름다운 용모를 가지고 있다는 데는 의심의 여지를 남기지 않고 있었지만 그 잠든 얼굴이 사막과 같이 무미건조하다는 사실을 깨닫고 놀랐다. 이른바 계란형의 예쁘장한 얼굴에 잠겨 있는 광막한 사막. 전철역 입구에서 아내를 본 순간 그는 마치 잠들어 있는 모습을 보고 있다는 착각에 빠졌다. 그가 선뜻 알은체를 하지 않고 머뭇거리다가 이윽고는 나무 뒤에 몸을 숨겨버린 것은 그런 까닭이었다. 그는 몹시 부끄러웠다. 아내의 눈을 피해 몸을 숨기고 있다는 사실이 그를 혐오스럽게 했다.

그는 알지 못할 치욕에 떨면서 아내의 뒷모습을 훔쳐보았다. 아내는 상점 앞을 지나 역 앞 광장을 가로질러 가고 있었다. 도대체 어디로 간단 말인가. 무중력상태의 우주인처럼 흐느적거리면서 아내는 그의 시야에서 벗어나고 있었다. 그런데도 그는 달려가서 아내를 붙잡고 어디로 가느냐고 물어볼 생각이 나지 않았다. 그렇게 된다면 뭔가 결정적인 파탄이 성큼 다가올지도 모른다는 두려움이 그를 엄습했다. 파탄을 기다리는 사람처럼 파탄이 두려운 사람은 없는 것이다.

그는 간밤에 꾼 꿈이 상기되었다. 아내와 헤어지는 꿈이었
다. 무엇 때문에 헤어지는지, 헤어지는 것이 꼭 이혼을 의미하
는지에 대해서는 명확한 상황 파악을 할 수 없었지만 어쨌든
꿈은 모종의 헤어짐을 단정 짓고 있었다. 그는 아침에 일어나
자마자 그 장면을 떠올리고 자못 불쾌했었다. 평소에 아내와
헤어진다는 따위 방정맞은 생각은 아예 해본 적이 없는 그로
서는 그러나 '꿈에도 해본 적이 없다'는 표현이 강조를 나타낸
다는 사실 앞에서 약간 어리둥절한 느낌이었다.

결혼한 이래 아내를 사랑한다는 데 추호의 의심도 가지고
있지 않았다. 아내가 낮에는 요조하고 밤에는 요염한 것도 그
는 만족해하는 바였다. 인간에게는 누구나 두 얼굴이, 지킬 박
사와 하이드 씨처럼 혹은 야누스처럼 있게 마련이고 그 두 얼
굴이 다 친근해질 때 진실로 사랑하게 되는 것이라고 그는 믿
고 있었다. 그렇다면 지금 아직까지 귀가하지 않고 있는 아내
의 얼굴은 왜 생소하기만 한 것일까. 그는 실내에 불도 켜지
않은 채 거실에서 방으로, 방에서 거실로 서성거리며 자신이
어떤 환각에 빠지지나 않았나. 걱정스러웠다.

아내는 늘 매듭에 매달려 있었다. 아마추어 식물학자로 약

간의 긍지를 가지고 있는 그가 식물에 매달리듯이 아내는 심지어는 잠자리까지 매듭을 들고 들어왔다. 그래서 집 안에는 벽면마다 매듭 벽걸이가 걸렸고 탁자 위는 물론 수세식 변기의 깔개까지 매듭으로 씌워졌다. 그 매듭들은 마치 고대의 결승문자 같았다. 아내는 무슨 뜻을 전달하려는 의도일까.

아마추어 식물학자라고는 했지만 그가 뭐 이렇다 할 학술 단체에 소속되어 있거나 학술지에 경탄할 만한 논지를 폈다거나 한 것은 아니었다. 다만 그는 남들보다 식물을 좀 더 사랑하고, 식물의 생태에 관한 책을 주간지보다도 더 탐독하고, 씨 없는 수박을 먹을 때면 맛에 앞서서 그것을 만들어낸 우장춘 박사를 경모하고, 밥에 완두콩이 섞여 오르면 완두콩을 길러 유전법칙을 발견한 멘델을, 꽃가게 앞에서 선인장을 볼 때면 가시 없는 선인장을 만들어낸 버뱅크를, 우연히 국전에 가서 연꽃 그림이라도 볼 때면 일본에서 이천 년 묵은 연 씨를 싹 틔웠다고 하는 신문 기사를 연상하는 사람이었다. 또 윤리적인 측면에서 말한다면 그는 식물이 생산자인 데 견주어 동물이 소비자라는 개념에 대해 근본적인 수치심을 가지고 있었다. 그래서 한때 식물이 광합성 작용으로 녹말을 만들어내는 과정을 연구해서 그와 같은 공장을 세워 인류를 식량난에서

해방시키지 못하는 것을 한탄하기도 했다. 그가 가장 흥미를 가지고 있는 나무는 남양 군도 어딘가에 있다는 빵나무였는데, 가령 그 나무를 개량해서 열매 하나를 한 끼의 식사로 대체할 수 있도록 함과 함께 약 천 개를 열리도록 할 수만 있다면 일 년 열두 달의 식생활이 해결되어 인류의 장래는 낙관해도 좋으리라는 공상 때문이었다. 그는 사람마다 빵나무 한 그루씩 심어놓고 자기 나무 아래 팔베개를 하고 누워 흥얼흥얼 노래를 부르거나 그 나뭇가지에 해먹을 걸쳐놓고 기어 올라가 드르렁드르렁 코를 골거나 하는 무사태평의 사람들을 그려보며 자기도 모르게 빙그레 웃음을 지은 적도 있었다. 그렇게 된다면 이 세상에서 가장 난해한 시를 써서 제멋대로 읊고 있어도 욕지거리를 퍼부을 사람이 없을 것이다. 아마 난해하면 할수록 더 포근한 자장가로 들릴지도 모른다. 살기 위해서 먹느냐, 먹기 위해서 사느냐 하는 우스꽝스럽고 불쾌한 따짐이 있는데, 좀 배운 사람이라고 해서 쉽사리 살기 위해서 먹는다고 대답하기도 마땅찮은 일이다. 그러면 살아서 무엇을 하느냐는 질문에 부딪치게 될 것이고 이러한 질문은 어떠한 대답도 무력하게 할 힘을 가지고 있기 때문이다. 우리는 그냥 사니까 사는 것이고 그냥 살기 위해서는 먹기도 하고 싸기도 하는 등 갖

가지 일을 벌인다. 만약 빵나무로 먹는 문제만 해결된다면 살기 위해서 먹느냐, 먹기 위해서 사느냐 하는 따짐은 저절로 풀이 죽어버리게 마련이 아닌가. 그 결과 우리는 삶에 대해서 좀 더 다채롭고 훌륭한 발견을 하게 됨 직하다.

아내와 헤어지는 꿈을 꾼 간밤에도 그는 거의 식물에 대한 끝없는 공상으로 몸을 뒤척이다가 새벽녘에야 간신히 잠이 들었다. 그런데 식물이 꿈에 나타나지 않고 아내가 대신 나타났으니 도무지 알 수 없는 일이었다. 아침에 일어나자마자 꿀물을 타 온 아내를 본 순간 눈치채지 못하게 요모조모 뜯어본 것도 아마 그 꿈 때문이었다.

"어서 일어나세요. 회사 늦겠어요."

아내는 건조한 말투로 재촉했으나 그는 자리에 누운 채 꿈이 생시가 아닌 것에 안도의 숨을 내쉬고 있었다. 아내와는 오랜 연애 끝에 힘겹게 결혼식을 올렸고, 아이가 아직 없을 뿐 오 년이나 정답게 살아온 참이었다. 아이가 없다는 데 생각이 미치자 그는 좀 언짢았다. 그러나 그는 아내와의 사랑을 절대적인 것으로 여기고 있었으므로 문제될 것은 없었다. 정 안 되면 양자라도 들일 각오가 되어 있었다. 따라서 아이가 없다는 사실이 언짢은 게 아니라 이러쿵저러쿵 그 사실을 호기심 있게 거론하면서도 이쪽의 자존심을 건드리지나 않았나. 염려스 럽다는 듯 헬끔거리며 반응을 살피는 뭇 사람들의 태도가 메스꺼웠다. 건설 회사의 자재과에 근무하는 그는 중동 현장에 파견되었다가 별 뚜렷한 이유도 없이 기한 전에 귀국했을 때도 뭇 사람들의 그런 태도에 접하고 언짢았었다. 그렇게 아내와 떨어져 있기를 싫어하는데도 아이가 없다니 하는 뜻으로 동료들은 너무 아내를 아껴도 임신이 되지 않는다던데 어쩌구 하면서 제법 생뚱하게 걱정을 해주는 체했다.

그가 아라비아에서 귀국한 것은 한 달 남짓했다. 그런데 귀국한 이래 그는 뭔가 색다른 분위기에 그가 놓여 있음을 느끼고 있었다. 그 색다른 분위기란 늘 무엇인가 잊어버린 듯한 막연한 불안감에 휩싸여 있다는 것이었다. 아내의 태도 때문일까. 하지만 아내에게서는 전보다 말수가 좀 적어졌다는 변화뿐 별다른 변화라곤 발견할 수 없었다. 말수가 적어졌다고 해서 아내와의 사이가 서먹서먹해졌다고까지는 말할 수 없었다. 그는 불과 육 개월 동안의 격리가 어떤 비밀을 숨겨 가지고 있다는 점을 피부로 감지하고 있었다. 실제로는 아무 일도 이상하게 바뀌진 것은 없었다. 그런데도 그는 아침에 출근을 하면서도 무엇인가 빠뜨려놓고 나서는 듯한 느낌을 지워버릴 수가 없었다. 대문을 열고 발을 내디딜 때마다 문득 뒤가 허전해서 머리를 갸우뚱거리며 뒤통수에 손을 갖다 대고 한참씩 머뭇거리기가 일쑤였다.

"왜, 뭘 잊으셨어요?"

아내는 그가 바지라도 벗지 않았나 하는 과장된 눈초리로 새삼스럽게 그를 훑어보았다.

"아, 아무것두 아냐."

그는 여전히 무엇인가 잊어버린 듯한 느낌이었지만 애써 부인하며 집을 나섰다. 사실 그렇게 갸우뚱거림으로써 깜빡 잊어버리고 나갈 뻔한 중요한 서류 봉투 따위를 기억해낸 적도 몇 번인가 되었다. 때에 따라서는 집에서 버스 정류장까지 거의 다 걸어 내려와서야 비로소 시계를 차지 않고 나온 사실을 깨닫고 언덕배기에 자리 잡고 있는 그의 집까지 달려가서 대문을 요란하게 흔들기도 하였다. 아내는 긴장한 얼굴로 "무슨 일이에요?" 하면서 뛰어나왔고, 그가 "시계, 시계를 줘" 하고 목마른 사람이 물을 청하는 것처럼 소리침과 함께 다시 뛰어들어가 시계를 찾아내왔다. 하지만 그런 날도 무엇인가 잊어버리고 다닌다는 불길하기까지도 한 느낌은 가셔지질 않았다.

무엇일까.

그는 늘 그 생각에 사로잡혔다. 늘이라면 어폐가 있겠지만 공연히 일이 손에 잡히지 않는다거나 한가한 틈이라도 생기면 어김없이 그 같은 상실의 느낌 속에 빠져들었다. 알 수 없는 일이었다. 도무지 개운해지지 않는 마음을 달래려고 누구에게 랄 것도 없이 욕지거리란 욕지거리는 다 퍼부어봤지만 헛일이었다. 그의 마음 깊숙이 들어박힌 의혹의 그림자는 매양 그대로였다. 아무것도 잊은 것이 없으며 해야 할 일을 안 한 것도 없다. 이렇게 스스로에게 다짐했지만 안심이 되기는커녕 씁쓸해지기만 할 뿐이었다. 그는 하루하루의 일과를 더듬어 어느 부분에서든 조그만 빈틈이라도 발견하려고 애썼다. 그러나 별다른 것은 없었다. 있다면 그저 형광등의 수명이 다했다든가 가스라이터의 가스가 다 떨어졌다든가 하는 것들이었다. 그러나 그와 같은 것들이 그에게 잊어버렸다는 느낌을 준 것들은 결코 아니었고 또 사실 그의 잘못도 아니었다. 그는 과거의 사소한 일, 예컨대 첫사랑이 깨어졌답시고 머리를 싸매고 며칠인가 식음을 전폐했던 어처구니없는 일까지도 돌이켜보며 그 만남과 헤어짐의 과정에서 뭔가 소홀히 했거나 빠뜨린 게 없는가 따져보기도 했다. 그 첫사랑은 첫사랑의 역할에 과연 손색이 없었다. 왜냐하면 적절한 시기에 영원이라는 시간의 길이를 가르쳐주었기 때문이었다. 삼십 센티미터짜리 자가 삼십 센티미터를 그의 영원으로 가지고 있는 것처럼 이성에 눈뜨는 시기에 도량형의 개념을 터득하는 것은 결코 우연이 아니다. 누구나 그가 배운 도량형만으로 그의 영원을 재면서 일생을 보내지 않을 수 없다. 어쨌든 그의 첫사랑은 일 년 삼 개월짜리 영원이었다. 도량형이라면 그는 지나치게 완고한 편이었다. 아라비아에서 거대한 원유 수송선을 보았을 때는 숱하게 들어온 배럴이라는 단위보다 됫박이 떠올랐었다. 그가 석유에 대해 가장 처음 배웠던 단위는 됫박이었다. 심부름으로 병을 들고 석유 가게에 가서 "석유 한 됫박만 주세요" 하고 내밀던 기억은 늘 선명했다. 저녁 어스름이 깔릴 무렵 그가 사온 석유를 등잔에 부으면서 형은 혼자 중얼거렸었다.

"석유는 참 고독한 육체야. 추운 날 보면 더 그런 거 같단 말이야."

그때 형은 힐끔 그를 쳐다보았던 걸로 기억되었다.

"속에 정열을 숨기고 있는 건 다 고독하단 말이야."

형이 왜 그런 말을 했는지 모르지만 그 뒤로 그는 석유를 볼 때면 어김없이 그 말이 연상되었다. 그가 아라비아의 열사 가운데서도 극심한 고독에 시달렸다면 아마 그런 영향 때문일 것이라고, 그는 서둘러 귀국한 까닭에 대한 궁색한 변명을 마련해 가지고 있었다.

늘 무엇인가 잊어버리고 있다는 느낌은 거의 보름간이나 계속되었다. 그러던 어느 날 그는 신기한 발견이라도 한 듯 하나의 사실을 알아냈다. 그것은 작은 약병으로 인해서였다. 아내가 종합 비타민제를 먹는다고 약병을 꺼낸 순간 그는 내가 왜 그걸 잊고 있었던가 하고 거의 소리를 칠 정도로 그 사실을 발견했던 것이다.

"여보, 내 올 때 가지고 온 짐 보따리 어디 있지?"

그는 흥분을 짓누르며 물었다.

"올 때라뇨?"

"거 왜 중동에서 올 때 말야."

"다 꺼내놨잖아요?"

아내는 올 때 대관절 무슨 신통한 선물이라도 가져왔느냐는 듯이 빈정대는 말투였다. 사실 그는 가방 속에 녹음기 한 대뿐 가져온 물건이 없었다.

"글쎄 어딨냐구."

"가방은 다락에 있어요."

그는 아내의 퉁명스러운 말을 듣는 둥 마는 둥 다락으로 기어 올라가 가방을 뒤졌다. 가방은 세관에서 뒤지더라도 워낙 낡아 우연히 밑바닥 이중 헝겊의 윗장이 뚫려 있었다고 둘러 대도 괜찮게 만들어져 있었다. 약병은 그 속에 끼워져 있었다. 그는 조심스럽게 약병을 꺼냈다. 본래 설사약이 들어 있던 그 병에는 씨앗이 들어 있었다. 바오밥나무의 씨앗이었다. 그는 아마추어 식물학자답게 예전에 문익점이 목화 씨앗을 붓두껍에 숨겨 들어왔듯이 가지고 온, 지구상에서 가장 크게 자라는 나무 가운데 하나인 그 나무의 씨앗을 구한 것은 약간 우연이었다. 아프리카 지역으로 가는 길이 있었던 회사 동료에게 얼핏 그런 말을 비추었는데 그 동료가 막상 표주박 같은 열매를 통째로 가져다주었을 때는 그도 뜻밖이었다.

"거기선 뭐 식용으로 한다더군."

동료는 별것 다 본다는 듯 말하며 그에게 전했었다. 씨앗을 국내에 들여오는 데는 각별한 배려가 필요했다. 풍토병 따위를 우려해서 엄밀히 체크를 받아야 하는 제도가 있기 때문이었다. 신고를 해도 안 될 리야 없겠지만 번거롭기도 하려니와 혹시 통과되지 않을지도 모르므로 그는 부득이 편법을 사용하기로 결심했던 바였다. 그렇게까지 해서 가져와놓고도 깜박 잊고 있었다니 참으로 어처구니없는 일이었다. 그는 귀국해서 무엇인가 잊어버리고 있는 듯한 느낌에 시달린 것이 그 씨앗에 있음이 분명하다고 믿고 싶은 심정에 사로잡혔다.

"이게 뭔 줄 알아?"

그는 이제야 실마리를 찾았다는 듯 열띤 목소리로 아내에게 말하면서 병마개를 열고 윗부분에 넣어둔 솜을 꺼내 다음 마치《아라비안나이트》에서 알라딘이 병 속의 거인을 불러낼 때처럼 숨까지 죽이고 씨앗을 꺼냈다.

"그게 뭔데요?"

식물이라면 아예 관심 밖인 아내였지만 병에서 꺼내는 데 호기심을 느끼고 있음이 분명했다.

"바오밥나무 씨야."

아내는 나무 씨라는 말을 듣자마자 이내 시큰둥한 표정이 되었다. 그가 열대 아프리카 특산의 이 나무는 열 아름도 더 되는 큰 나무인 데다 오천 년 묵은 것도 쌨다고 혀를 내둘렀음에도 불구하고 아내는 뭐 그리 감탄할 게 있느냐는 표정이었다. 이제 그가 가장 우려하고 있는 문제는 원산지인 아프리카의 기후 조건과 흡사한 환경을 만들어준다고 하더라도 과연 그 씨앗이 싹을 틔울 것인가라는 점이었다. 싹만 터준다면 일단은 성공이라고 볼 수 있었다. 하지만 그는 아내가 그러한 자신의 심정은 조금도 알아주지 않은 채, 씨앗을 볶아 먹으려는 모양이지 하는 투로 생각할지도 모른다고 상상하니 가슴이 답답했다. 씨앗을 싹 틔우기 위해 며칠 동안 밤잠마저 설치며 이리 궁리 저리 궁리 한 끝에 그는 일요일 아침부터 실행에 착수했다. 집을 지을 때부터 딸려 지은 작은 유리 온실이 있었지만 키우다 만 용설란과 소철과 관음죽 따위가 녹슨 쇠붙이처럼 어지럽게 널려 있는 데다가 파종상의 덮개로는 유리가 적당치 않기 때문에 한 평 정도의 비닐하우스를 따로 마당가에 짓기로 했다. 때는 늦은 봄이어서 낮이면 기온이 섭씨 이십 도를 웃돌았다. 밤낮 온도를 섭씨 사십 도 이상으로 올려주지 않으면 안 되므로 전기 히터를 집어넣고, 온도계와 습도계도 매달았다. 씨앗은 거름기 없는 개울 모래를 담은 콜라 상자에 심으면 되었다. 모든 것이 순조롭게 진행되었다. 그는 마치 미지의 세계로 탐험을 떠나는 소년처럼 긴장되고 흥분된 심정이었다. 아니 실제로 세계에서 가장 나이를 많이 먹은 식물의 씨앗을 싹 틔우는 일은 고대의 세계로 나아가 그 편린을 캐는 작업이라고 그는 나름대로 평가하고 있었다. 하다못해 채송화 씨를 뿌리고도 새벽같이 일어나 들여다보며 몸살을 하는 그였으니 다시 덧붙여보았자 사족에 불과했다. 어떤 외국 시인은 '모래

한 알에서 우주를 본다'고 했다지만 그야말로 잎사귀의 잎맥 한 가닥에서도 우주의 신묘한 피돌기를 감지하고 있었다. 그는 고독한 족장처럼 그 세계에 군림하며 하나의 새순, 하나의 가시에도 깊은 애정을 기울이고 있었다. 어쩌면 그가 사막 땅을 견디지 못하고 여러 가지 이유를 빙자하여 귀국해버린 까닭은 바로 거기에 있는지 몰랐다. 그가 돌아오고 싶은 충동에 신열을 앓았던 계절은 우리나라의 봄이었다. 그는 무엇보다도, 들에 제멋대로 피어나는 보랏빛 제비꽃이라든가 노란 민들레꽃이 그리워 더 이상 견딜 재간이 없었다.

그 무렵 그는 호르무즈 해협 근처의 바닷가로 낚싯대를 들고 바닷가의 삼엽충 화석이 뒹구는 바위틈에서 하루를 지냈다. 그 바다는 청록빛이었고 거기서는 폐어처럼 생긴 고기가 올라왔다. 그렇다고 해서 그 고기들을 요리해 먹을 생각은 없었다. 바다를 바라보며 무의미한 낚시질을 하고 있는 동안 고기들은 시달릴 대로 시달려 있었고 저녁에 캠프로 발길을 돌릴 때 대부분 그에 의해 살해되었으며 드물게는 방류되었다. 그가 왜 고기들을 잔인한 수법으로 죽였는지는 그 자신도 알 수 없었다. 그는 바위에 고기들을 힘껏 내던지는 방법을 썼는데 대개는 밸이 터져나와 죽어버렸다. 다음 휴일에 그 자리에 돌아와 바위 위에 말라붙은 채 운모나 석영처럼 광물성으로 반짝이는 그 시체의 어떤 부분에서 삶의 의지를 엿볼 수 있었다. 누가 나뭇가지 하나만 꺾어도 고래고래 고함을 치는 그가 동물의 죽음에 대해서 어떻게 그토록 차가웠는지는 해명할 수 없는 일이었다. 잡은 고기들을 죽이고 돌아오는 길목에 허물어져가는 낡은 토성이 있었다. 2차 대전 때의 영국군 포대로 축성되었음에 분명한 그 포성은 어쩌면 저 대항해시대의 유적일 가능성도 있다는 상상을 불러일으키기도 했다. 십구 세기 말 쇄국의 우리나라 거문도에 진주하고 제주도를 쿠엘파트로 개명한 영국 해군이고 보면 황량한 사막에 포대를 건설했다 해서 하나도 이상스럽지 않은 일인데도 그는 왠지 불가사의해 보였다. 고기를 낚으러 가는 것은 저녁 무렵 노을에 비낀 포성을 보기 위해서인지도 몰랐다. 아무도 없는 포성을 맴돌 때의 단절감, 죽음 같은 정적, 삶의 고립감이 그의 가슴을 짓눌러 와서 견디기 힘들었다. 그럼에도 불구하고 쉬는 날이면 동료들과의 어울림도 마다하고 바닷가를 거쳐 변두리 사막의 토성을 찾았다. 거기서는 더 이상 아무것도 죽일 거라곤 없었다. 마른 흙, 숨이 막힐 듯한 마른 흙 속에서 그는 충전된 전지 같은 머리로 해질녘까지 머물렀다. 그러면서 그는 그 황량한 흙더미에 이끌려 자신의 생명을 축내고 있다는 생각을 했고, 드디어는 제비꽃이나 민들레 등등의 풀꽃들이 피어나는 봄이 한없이 그리워졌던 것이다. 소멸되어갈 때 가장 강렬한 소생을 꿈꾸며 또한 소생을 위해 소멸을 꾀하고 있다고 그는 막연히 깨달았다.

바오밥나무 씨앗은 모두 여덟 개였다. 그는 만약의 경우에 대비해서 그중 네 개만을 우선 심기로 하였다. 히터의 스위치를 올리고 나서 삼십 분 뒤의 비닐하우스 안의 온도는 섭씨 사십오 도로 올라 있었다. 그는 회심의 미소를 지었다. 상온 섭씨 사십오 도라면 알맞은 기온임에 틀림이 없었다. 그는 콜라 상자 밑에 벽돌을 괴어 물이 잘 빠지도록 하고 상자에 담겨 있는 개울 모래를 편편하게 골랐다. 모래는 병충해의 위험이 없도록 미리 볶아서 넣어두었었다. 그는 자못 떨리는 손으로 네 개의 딱딱한 씨앗을 움켜쥔 다음 뒤꼍에 놓아둔 우스풀룬 병을 들고 수도가로 갔다. 깡통에 수돗물을 받아 약병의 액체를 붓고 삭정이를 주워 잘 저어 일천 배액을 만들었다. '자 이제 정말 시작이로군' 하고 중얼거리자 뭔가 좀 비장한 감회가 어렸다. 그는 손바닥을 펴고 네 개의 씨앗을 한동안 들여다보다가 천천히 한 알씩 집어넣었다. 마치 산모가 갓난아이를 목욕시키듯 조심스럽고 알뜰한 행동이었다. 종자를 소독하고 발아와 발근을 촉진시키는 약이니 목욕시킨다는 말도 틀린 것은 아니었다. 그는 바오밥나무의 씨앗을 개울 모래 속에 씨앗의 세 배 깊이로 꼭꼭 파묻었다. 그리고 사방이 완전히 막혀 있는 비닐하우스지만 혹시 쥐가 들어와 씨앗을 파먹으면 큰일이라고 염려하며 세심하게 다시 살펴보았다. 쥐는커녕 쥐며느리도 들어올 틈이 없었다. 모든 것이 뜻대로 잘되었다. 그는 분무기를 사용해 개울 모래가 흠뻑 젖도록 물안개를 뿜어주었다. 흙 표면에 흩뿌리는 자잘한 씨앗일 경우 물뿌리개로 물을 주면 물에 휩쓸릴 가능성이 있어 사용하는 방법이었다. 그는 이제껏 그토록 파종에 신경을 쓴 적이 없었다. 물기가 잦아든 모래는 첫아이를 잉태한 어머니처럼 눅어 보였다. 이렇게 정성을 들이는 데야 제아무리 열대산 아니라 태양산인들 별수 있을까보냐고 그는 자부했다.

그날 밤 그는 알지 못할 희열에 들떠서 아내와 몇 차례나 일을 치렀다. 휴일인데도 하루 종일 바오밥인지 바오죽인지에 미쳐 정말 점심밥까지 거르더니 어찌된 일이냐는 투로 아내는 의아해했다.

"너무 이러심 안 돼요."

흥분한 듯한 그에게 아내는 타이르듯 말했다.

"상관없어."

그는, 그가 무엇인가 굉장히 위대한 일에 착수했는데 그것이 무엇인지 설명할 길이 없는 사람으로 여겨졌다. 그러면 그럴수록 그는 더욱 광포하게 아내를 끌어당겼다. 그런데 그는 아내의 태도에서 이제까지와는 다른 반응을 엿보았다. 여느때 같으면 오히려 그를 무색케 했을 아내의 몸은 시종일관 싸늘하게 식어 있었다. 그것은 말로만 듣던 시간과 같았다. 그는 아내로 하여금 그를 이해시킬 길이 어디에도 없다고 판단했다. 아내가 그를 이해하자면 우선 바오밥나무를 이해하고 바오밥나무의 상징을 이해하고 또 나아가 우주의 섭리를 이해해야만 한다고 그는 믿었다. 몇 차례의 교접에도 불구하고 그는 도저히 잠을 이룰 수가 없었다.

"바오밥나무 씨를 심었으니 거긴 조심해야 돼."

그는 절망적으로 훈계하듯 내뱉었다. 아내는 그런 말에는 아예 대꾸조차 하지 않았다.

"조심하라니까."

"그러죠, 뭐."

아내는 마지못해 대답했다. 그는 아내가 식물에 대해 관심을 기울이지 않는 것을 그렇게 책망하지는 않고 지내왔다. 누구나 자라온 환경에 따라 관심을 기울이는 분야가 따로 있게 마련이며, 그렇기 때문에 서로가 만나 한 가정을 이루고 살 때 상대방의 관심을 강제로 바꿀 수는 없는 일이었다. 그러나 바오밥나무에 대해서만은 아내가 조금이라도 관심을 가져주기를 바랐다. 그래서 그가 씨를 심었으니 조심하라고 했을 때 조심하겠다는 대답보다도 그 나무가 도대체 무슨 나무인지나 알고자 하기를 기대하고 있었다.

"싹이 트기만 하면 집을 옮겨야겠어. 아주 큰 온실을 지어야 하니까. 저 나무는 키가 이십 미터나 자라는 나무란 말야."

"그렇게 큰 온실을요?"

"아무렴."

그는 참으로 보람 있는 일이 아니겠냐는 듯 신념에 찬 목소리로 말했다. 아내는 등을 뒤로하고 돌아누우며 뭔가 곰곰이 생각하는 눈치였다.

"그러니 돈두 열심히 벌어야지. 큰 온실을 갖는 건 내 꿈이니까."

아내는 아무 말도 없었다. 그는 언젠가부터 방황과 회의를 거듭하며 찾아왔던 인생의 목적을 비로소 발견한 것 같았다.

꽃집이나 농장을 경영하는 일을 계획한 적도 있었지만 그는 그보다 더 보람 있는 일을 찾고 있었다. 흔한 꽃집이나 농장은 성에 차지가 않았고 식물원은 구체적인 성격이 쉽게 잡히지 않았던 것이다. 그런데 특수한 하나의 나무를 앞세우고 보니 그의 뇌리에는 거대한 식물원의 청사진이 저절로 훤하게 떠올랐다. 어떠한 장애가 닥치더라도 그 일을 성취하려는 욕망이 불타올랐다. 아내는 그새 잠이 들었는지 쌕쌕 숨소리가 들려왔다.

그는 잠을 자는 둥 마는 둥 언뜻언뜻 눈을 붙이다가 날이 밝자마자 잠옷 바람으로 마당으로 뛰어나가 비닐하우스를 살펴보았다. 아무 탈이 없었다. 온도계를 들여다보니 섭씨 사십 도를 가리키고 있었다. 찌는 듯한 더위로구나 하고 속으로 중얼거리면서 그는 열대를 상상하였다. 습도계를 들여다보니 팔십을 가리키고 있었다. 습도는 너무 높지 않은가 여겨졌으나 우려할 정도는 아니라고 판단되었다. 그는 뎁보 주사를 맞은 중년의 사내처럼 몸이 근질근질해져서 마당을 서성거렸으며 어서 또 내일 아침이 되었으면 하고 조바심을 쳤다. 출근을 하면서 그는 아내에게 몇 번이고 신신당부를 했다.

"점심때 꼭 물을 줘야 해. 너무 차면 안 되니까 비닐하우스

안에 미리 받아둔 물루, 알았지?"

"그럴게요."

"그럴게요가 아냐. 물을 줄게요라고 해봐."

"물을 줄게요."

아내는 시키는 대로 대답했다. 그는 그것이 못 미더웠다. 시키는 대로가 아니라 그보다 더, 강한 의지를 나타내는 말을 해야만 안심이 될 것이었다. 그는 회사에 출근해서도 마음이 놓이지를 않았다. 회사고 뭐고 다 팽개치고 싶을 지경이었다. 지금까지 늘 붙어 다니던 무엇인가 잊어버리고 있다는 느낌은 사라진 듯싶었다. 그는 아내가 물을 주지 않으면 어쩌나 하는 걱정 때문에 견딜 수가 없었다. 자칫 잘못해 바싹 마르기라도 하는 날에는 속에서 간신히 꼼지락거리던 배아가 타 죽을 판이었다.

"김 선생, 어디 아프기라두 한 거요?"

그의 행동이 어설프게 보였는지 옆자리의 동료가 그렇게 물어오기까지 했다. 그는 하루 종일 일이 손에 잡히지 않은 채 갖가지 공상만을 되풀이하다가 퇴근 시간이 되기가 무섭게 집으로 달려갔다.

"그래, 제시간에 물을 줬지?"

그는 숨을 돌릴 사이도 없이 물었다.

"어서 옷이나 벗으세요."

아내는 그가 못 미더워하는 까닭을 도무지 알 수 없다는 듯이 손을 내밀며 윗도리를 벗기려 들었다.

"제시간에 물을 줬냐고 묻잖아."

그는 허겁지겁 재촉했다.

"그럼요."

아내는 뾰로통해져서 대답했다.

"어떻게 줬어?"

연신 물어대자 아내는 이이 좀 봐 하는 어처구니없는 눈초리로 그를 쏘아보았다. 그래도 그의 기세가 누그러들지 않자 아내는 기가 막힌 표정이었다.

"어떻게 주다니요? 시키는 대루 했죠."

"시키는 대루 어떻게?"

"내 참."

아내는 마침내 짜증까지 냈다. 아내가 짜증을 내는 경우는 드물었다. 그는 아내의 대답이 흡족하지 않자 마당가의 비닐하우스로 달려가 온도며 습도며 모래의 상태 등을 요모조모 살폈다. 아무런 이상이 없었다.

"저건 내 꿈의 상징이야. 우리나라 최대의 식물원을 상징할 나무가 되는 거야. 생각만 해도 굉장한 일이지."

그는 개처럼 눈을 빛내며 그의 꿈을 아내에게 주입시키려고 애썼다. 아내는 전혀 실감이 나지 않는 모양이었다. 그것이 그는 못내 아쉬웠다.

밤마다 한 이불에 들어 잠자면서도 왜 이물질처럼 서로 겉돌아야 하는가, 알 수가 없었다. 그렇다고 해서 아내가 그 나름대로 추구하는 세계가 있어서 서로 상치되는 것은 아니었다. 아내는 별다른 취미도 없었고 주의주장을 내세우지도 않았다. 가타부타 말이 없었다. 그는 답답하기 짝이 없었다.

"당신은 왜 아무 말도 않으려는 거지?"

매일같이 큰 나무의 꿈에 대해서 이야기하다가 지쳐버린 그는 마지못해 아내에게 따져 물어보았다.

"뭘 말이세요?"

아내는 도리어 왜 그러는지 모르겠다는 듯한 말투였다.

"뭘 말이라니? 왜 내가 정성을 기울이는 일에 통 관심이 없냐 말야. 무슨 말이라도 좀 해얄 게 아냐."

"할 말이 있어야죠."

"사람이라면 무슨 말이든 할 말이 있게 마련이야. 내가 하는 일이 못마땅하다면 못마땅하단 말이라두 하면 되잖아."

"언제 못마땅하댔어요?"

"그럼? 도대체 뭐야?"

"뭐긴 뭐예요. 전 그저 당신 하는 일을 따르기만 하믄 되잖아요."

"그럼 무슨 대꾸라두 해야지."

"별루 할 말이 없는걸요."

아내에게서는 아무 꼬투리도 잡을 수가 없었다. 그러면 그럴수록 그는 미진한 마음의 공동이 커갔고, 그가 그토록 황홀해하는 세계로 아내의 눈을 돌릴 수 없다는 절망감에 분노했다. 누구를 향한 분노도 아니었다. 그 스스로를 향한 분노였다. 말을 물가로 끌고 갈 수는 있지만 물을 먹일 수는 없다는 말이 떠올랐다. 아내의 잘못이란 따지고 보면 없을 것이었다. 식물이 어떻게 되었든 그건 사실 별개의 문제임에 틀림이 없었다.

그는 아내로부터 무엇인가 끄집어내고 싶었다. 다시 한 번만 아이를 가질 수만 있다면, 그는 목마르게 생각했다. 그가 죽였던 먼 세계의 무수한 고기들. 결혼하고 나서 처음 아이를 가졌을 때 그는 단순히 경제적인 이유로 아내에게 강요했었다. 아이는 영원히 싹트지 못할 씨앗이었다. 아내는 이웃에 열여섯 번이나 그랬던 여자가 있다니까요 하면서 순순히 그의 뜻에 따랐다. 이제 어둠 속에서 헤매고 있는 것은 그 아이뿐만이아니었다. 모든 것은 싸늘하게 식은 몸뚱이와 같았다. 아내는다시는 아이를 가질 수 없었다. 아내는 점점 말을 잃어갔다. 능동적이었던 태도는 어느새 수동적으로 변해 있었다. 그는 은밀하게 세상 밖으로 버려진 것 같은 소외감을 간직한 채 아내의 옆을 투명인간처럼 붙어 다녔다.

며칠이 지나도 비닐하우스 안의 파종 상자에는 아무 변화가일지 않았다. 어쩌면 영원히 싹이 트지 않을지도 모른다는 의혹이 그를 괴롭히기도 했다. 그러나 그는 매일같이 변함없는정성을 기울였다. 조심스럽게 모래를 헤치고 씨가 어떤 상태로 있는지 면밀히 관찰한 것도 몇 번째였다. 씨는 습기를 머금은 채 어떤 단서도 보여주지 않고 있었다.

밤이 점점 깊어갔다. 어두운 실내에서 서성거리던 그는 현관문을 열고 바깥으로 나와 한옆에 놓여 있는 비닐등받이 의자에 앉아 아내를 기다렸다. 그는 무슨 사념에든지 몰두하려고 안간힘을 썼지만 정신은 그저 먹먹할 뿐이었다. 정신의 빛이 어지럽게 날아 갈피를 잡을 수가 없었다. 그는 검진 차례를기다리는 환자처럼 착잡한 낯으로 애써 태연하려고 노력했다.

그의 머리에는 아라비아의 황폐한 토성과 싹이 돋지 않는 파종 상, 그리고 그들 부부가 한꺼번에 떠올랐다. 그가 일생 동안 가꾸어온 것은 폐허에 불과했다. 이웃집의 오동나무는 어둠 속에서도 무섭게 자라났다. 그는 그 오동나무가 자라는 소리가 들려올까봐 공포를 느꼈다. 그는 부들부들 떨면서 저주했다. 인간이란 몇억 겁을 두고 저주받아야 마땅한 동물이었다. 이기심과 아집과 교만의 덩어리로서 오직 그만의 자손으로 세상이 뒤덮이기를 원한다. 아내는 지금쯤 어디를 헤매고 있을까. 갑자기 돌아오지 않을지도 모른다는 불안이 한기처럼 배어왔다. 세상의 모든 아내들처럼 그의 아내도 한 번쯤은 탈출을 꿈꾸지 않으리란 법이 없었다. 현실의 올가미에 얽혀 좌절되고 말지라도 한 번쯤은. 그렇게 의혹이 솟자 그에게는 너무나 시기가 나빴다는 생각이 들었다. 모든 것이 미해결의 와중에서 해류처럼 흘러가고만 있었다. 시기는 절대적으로 나빴다. 그가 진열장 앞에서 아내의 어둡고 침울한 얼굴을 보아버린 이상 아내와 그는 미지의 사람들처럼 서로 제 갈 길을 갈 것이었다. 그는 여전히 비닐등받이 의자에 몸을 던진 채로 벌레처럼 꿈틀거렸다. 손으로 건드리면 죽은 체하고 꼼짝도 않고 있다가 기회를 봐서 열심히 달아나는 벌레, 그가 꿈틀하자 누군가의 손가락이 그를 툭하고 건드렸다. 사지에 맥이 풀렸다. 팽팽한 긴장과 나른한 권태가 한꺼번에 밀어닥쳤다. 다시 한 번 움직여봤으나 마찬가지였다. 이제는 벗어날 길이 없었다. 손아귀에 들어버린 것이다. 그는 용암같이 들끓는 어둠 속에 잔뜩 웅크리고 배신과 모멸의 보이지 않는 손에 심한 분노를 느꼈다. 미친 짓이다. 그는 이를 갈며 중얼거렸다. 몇 번을 죽을힘으로 움직였으나 그때마다 누군가가 사정없이 콱 내리눌렀다. 끝장이었다. 그는 마지막으로 다시 한 번 아내의 어둠으로부터 벗어나려고 시도했다. 그가 꿈틀하자 거대한 바오밥나무의 가지가 그의 등허리에 둔중하게 와 닿았다.

배의 가숙(假宿)

배에서 며칠 있겠다는 것은 실제로 그곳에서 늘 생활을 하
려는 뜻이 아니었다. 그게 뭐 어떻게 다르냐고 물으면 대답이
궁색해지지만, 어딘가 최소한 의지할 수 있는 내 몫의 장소가
있다는 생각이 내게는 필요한 것이었다. 나는 이순신이고 나
비고는 당연히 빈말로 접어두고 이곳저곳 어슬렁거리는 게 일
과였다. 모든 신흥 개발지역이 다 그렇듯이 그 섬은 온갖 뜨내
기들의 집결지였다. 본토박이들 중 바닷가의 논밭뙈기에 농
사를 지어 먹던 농민들은 공장 부지로 땅을 내주고 오히려 타
지로들 떠나고 있었다. 본토박이들이 떠난 자리에 뜨내기들이
꾸역꾸역 몰려들었다. 일당 일거리라도 얻을까 해서 찾아오는
남자들과 이들의 일당을 호리기 위해 여자들이 뒤따랐다. 모

두가 그야말로 몸뚱이뿐이었다. 막말로 몸뚱이 팔아먹고 사는 인생이었다. 나는 그 모든 풍경을 경기도 안산에서 이미 보았었다. 아침나절에 즐비한 맥주집 앞을 지나노라면 훤히 열려 있는 홀 안의 구석방에 여자들이 마치 영안실에 안치된 시체처럼 누워 있는 것을 볼 수도 있었다. 그리고 가령 막걸릿집에서 우연히 만나 이런저런 이야기를 나누었던 목수 이씨나 도넛장수 김씨도 몸뚱이만 가지고 흘러들어온 뜨내기들이었다. 목수 이씨는 본시 포항에서 식당을 하며 제법 '살 만했던' 사람이었는데, 하루아침에 알거지가 되었다고 했다. 아닌 게 아니라, 취직을 하러 왔다가 잘 안 되어 도넛 만드는 기술을 어거지로 익혀 길모퉁이에 수레를 놓고 있는 김씨에 비하면 목수 이씨의 인생살이는 기구한 편이었다. 그의 몰락을 불러온 것은 딸 때문이었다. 고생 끝에 간신히 식당을 차려 형편이 편다고 하던 무렵 겨우 중학생에 지나지 않았던 딸이 행방불명이 된 것이었다. 그때부터 온 집안 식구들이 딸을 찾아나섰다. 식당은 문을 닫아버렸고, 상심 속에서 아내마저 몸져눕고 말았다. 이씨는 이야기 도중에도 계속 한숨을 쉬며 먼 하늘을 응시하곤 했다. 내가 그를 처음 보았을 때 나는 살결이 검고 거친 모습에서 술에 찌든 사람임을 한눈에 알아보았다. 그때도 그는 혼자 막걸리를 마시며 한숨을 쉬고 있었다.

"그래서 따님은 어떻게 됐습니까?"

나는 딸의 행방불명이 가출인가보다고 짐작했다.

"백방으로 찾아댕겼지요. 공부도 잘하고 복스러웠지요."

"어디로 갔는지 도통 알 길이 없었단 말씀이지요?"

"알 수가 있나요. 학교 파하고 오다가 그만 어디로 갔는지."

"왜 그랬을까요?"

나는 중학교 때가 아니라 초등학교 때 이미 가출을 감행하는 아이들이 있음을 알고 있었다.

"몇 달을 그렇게 보내니 집안은 거덜이 납디다."

그는 한숨을 쉬었다. 그는 아파트 공사장에서 일하고 있다고는 했으나 시멘트 골조공사를 하고 있는 그곳에서는 아직 목수로서의 일은 없는 듯했다. 그 공사장의 한옆, 시멘트 벽돌로 바람막이를 하고 낡은 합판을 얹은 곳이 그의 거처였다. 그나마도 언제 쫓겨날지 모른다고 했다. 그렇게 보면 배는 훌륭한 거처였다.

"그래서 결국 찾았습니까?"

"찾기야 찾았지요."

그는 다시 한숨을 쉬었다. 이씨는 백방으로 찾아다녔다. 그리고 얼마 뒤 딸을 찾았다. 그러나 그 딸은 살아 있는 딸이 아니었다. 실은 정확히 말하면 그쪽은 딸이나마 찾은 것은 이씨에 의해서가 아니었다. 경찰이 수상한 청년을 잡아 조사를 하던 중에 청년이 그 딸을 유괴해서 살해한 사실을 캐낸 것이었다. 그러는 동안 이씨는 재산을 다 날려버렸고, 몸져누웠던 아내도 결국 세상을 떠났다는 것이었다.

"그놈은 무기를 받았지요. 하지만 무슨 소용이 있겠습니까. 세상에 그 어린 걸……"

그는 말을 잇지 못했다. 이야기의 전말은 더 듣지 않아도 알 만 했다. 그 뒤로 그는 포항을 떠나 떠돌아다니고 있다고 했다. 이런 이야기를 전해들은 도넛장수 김씨는 그러지 말고 자기와 함께 전라도 광양 땅으로 가는 게 어떠냐고 말했다. 이곳도 이제는 한물갔으므로 새로운 제출소가 들어선다고 발표된 광양만으로 가는 게 나으리라는 전망이었다. 이씨는 고개를 끄덕거리기는 했으나 거의 술로 연명하고 있어서 그야말로 피골이 상접한 그에게는 이미 아무런 의욕도 없어 보였다.

"그 사람하곤 친합니까? 같이 다니시던데."

김씨가 내게 물었다. 친구를 말하는 것이었다. 길가의 도넛 장수가 알 정도라면 친구의 '해결사'로서의 면모는 자세히 설명하지 않아도 알 만한 것이었다.

"친굽니다. 학교를 같이 다녔지요."

그들은 나에 대해서 궁금해하고 있었다. 하지만 그들에게 내 처지를 설명할 길이 없었다. 굳이 설명하려면 놀러 왔다고 밖에 할 수 없는 노릇이었다. 김씨는 벌써부터 광양 쪽으로 가려고 심중을 굳히고 있는 듯했다. 그는 길에서 장사를 한다고 교회 청년회 애들까지 몰려와 돈을 뜯어가더라고 푸념을 늘어놓기도 했다. 무슨 영문인가 해서 그가 푸념과 함께 주머니에서 꺼내 보여주는 종이쪽지를 보았더니 '불우이웃 돕기 하루 찻집'이라고 적혀 있었다. 그야 다 좋은 일 하자고 그러는 것 아니냐는 내 말에 김씨는 "내가 불우이웃인데 무슨 소리"냐면서 "아니 그래, 내가 지금 애송이 계집애들하고 어울려 차를 마실 경우가 됐습니까?" 하고 혀를 찼다. 오다가다 한두 개씩 팔아주는 손님들이기도 해서 도리 없이 표를 살 수밖에 없었다는 것이었다. 표의 뒷면에는 김춘수(金春洙) 시인의 〈꽃〉이라는 시가 적혀 있었다.

'내가 그의 이름을 불러주기 전에는/그는 다만/하나의 몸짓에 지나지 않았다.// 내가 그의 이름을 불러주었을 때/그는 나에게로 와서 꽃이 되었다.// 내가 그의 이름을 불러준 것처럼/

나의 이 빛깔과 향기에 알맞은/누가 나의 이름을 불러다오./그에게로 가서 나도/그의 꽃이 되고 싶다……'

이 낯익은 시는 그러나 온갖 뜨내기 인생들이 몰려와 하루하루, 아니 한 끼 한 끼 싸움질하듯 밥을 벌어먹고 있는 이곳에서의 '불우이웃 돕기'에는 왠지 몹시 생소하게 느껴졌다. 그런데 이상한 일은 그 생소함 때문에 한편 새로운 감동을 준다는 사실이었다.

'……우리들은 모두/무엇이 되고 싶다/너는 나에게 나는 너에게./잊혀지지 않는 눈짓이 되고 싶다.'

이곳에 무엇 때문에 왔는가 하는 물음과 함께 그곳에 가보고 싶은 마음이 일었다. '불우이웃 돕기 하루 찻집'은 번화가에 자리 잡고 있었다. 번화가라야 술집과 음식점이 대부분이었다.

"어서 오세요. 찾아주셔서 고맙습니다."

스무 살쯤 되어 보이는 여자가 꾸벅 인사를 하며 맞았다. 다방 안은 청년회원으로 보이는 젊은 남녀로 붐볐다. 나는 구석자리로 가 앉아 주스 한 잔을 시켰다. 냉방장치를 가동하지 않아서 실내는 여간 후텁지근하지 않았다. 곧 한 여자가 쟁반에 주스 한 잔을 받쳐 들고 왔다.

"저희들 일을 도와주셔서 감사합니다."

입구에 서서 인사를 하고 있는 여자와 같은 또래의 여자였다. 여자는 흰 바지 차림의 블라우스 위에서 생글생글 웃고 있었다.

"불우이웃 돕기라고 입구에 써 있더군요. 불우이웃이란 가령 자애원 원아들 같은 이웃을 말합니까?"

나는 생글생글 웃는 얼굴을 그냥 돌려보내기가 뭣해서 한마디 던졌다.

"자애원 원아들요?"

"언덕 위의 정신장애아들……"

"아, 걔네들요. 것보다도 우린 새로운 계획을 추진하고 있어요."

여자가 눈을 반짝이며 앞자리에 엉덩이를 반쯤 걸치고 앉았다.

"새로운 계획?"

나는 주스 잔을 들고 빨대를 입에 물었다. 요즘 젊은이들은 자기 의사를 펴는 데 이토록 스스럼이 없구나 감탄하면서도 맹랑한 아가씨로군 하는 생각이 들었다.

"선생님은 저희들을 돕고자 이곳에 오신 분이고 그런 의미에서 저희 뜻을 설명해드리는 것이 저희들의 의무이기도 하죠."

그녀는 정색을 한 말투였는데 생글생글 웃는 웃음은 여전했다. 이 젊은이들은 어떤 뜻을 가졌기에 '새로운 계획'이라고 자못 신념에 찬 눈초리를 하는 것일까.

"들어봅시다."

주스 잔에는 밑에 얼음만이 남아 있었다. 사실 처음 다방에 발을 들여놓는 순간 공연히 왔다는 느낌에 사로잡혔었다. 그녀는 이곳에 없다. 나는 속으로 중얼거렸던 것 같다. 그녀가 관계하는 곳이라면 어딘가 분위기가 한결 가라앉아 있어야 된다. 이들은 은밀한 모의를 하며 즐거워하고 있다. 청년회원들의 '불우이웃 돕기'가 장애아들을 대상으로 하지 않았다고 해서 엉뚱한 놀이를 연상한 것은 아무래도 지나친 일이기도 했다. 그러나 생글생글 웃는 얼굴의 '새로운 계획'에 대해 설명을 듣는 동안 실로 이것이야말로 신기한 일이라고 생각하지 않을 수 없었다. 신기하다기보다 거창하다고 하는 편이 옳을 것이었다. 생글생글 웃는 얼굴이 설명하는 '새로운 계획'이란, 단도직입적으로 말해 모금되는 돈으로 공동체 사회를 건설하려는 사람들을 돕겠다는 것이었다. 섬이 개발되면서 자기 땅을 가지고 있던 사람은 어쨌든 보상금이라도 받았지만, 남의 땅에 농사짓던 사람들은 이러지도 저러지도 못하게 되었다. 이 사람들이 바로 '불우한 이웃'이었다. 이 사람들이 공동으로 정착할 기반을 마련하는 데 도움이 되자는 것이었다. 여기까지라면 내가 신기해하거나 거창해할 까닭이 없었다. 그런데 문제는 작은 책자까지 가져와 들여다보며 해주는 그다음 설명이었다. 그녀는 이것을 '공동체 운동 사상'이라고 부연하고, 이것은 기존의 사회와는 다른 이상사회를 건설하려는 운동이라고 했다. 이 운동의 사상적 배경이 되는 유토피아의 추구는 서구사회에서 그리스 철학에 접맥되어온 철학의 유토피아주의와, 헤브라이즘 전통에 의한 기독교 공동체의 두 갈래로 이루어져왔다고 그녀는 말했다.

"공동체적인 유토피아의 실현이 훨씬 용이하고 바람직하다고 믿고 그 방향으로 그들을 돕고자 하는 거예요."

나는 얼떨떨해서 그녀의 설명을 듣고 있는 수밖에 없었다.

"이러한 유토피아적인 공동체 이념 외에도 이제 와서는 또 다른 측면이 있어요. 현대 산업사회와 물질만능주의로 인한 생태계 파괴와 환경오염 및 핵공포 등의 위협을 이겨내기 위한 공동체 운동이 대두돼야 한다는 거죠."

"실례지만 아가씨는 뭐 하는 사람이요?"

나는 묻지 않을 수가 없었다. 내 의아한 눈길에도 불구하고 그녀는 표정 하나 흐트러지지 않았다.

"기업체 기숙사 방송실에 있어요."

그녀가 고개를 까딱해 보였다.

"그런데 대낮에……"

"회사 일요? 우린 격일 철야근무예요."

"그렇군."

"전 지금 이 책자를 인용하고 있는 건데요. 이건 우리가 모임을 통해서 배운 걸 우리 손으로 정리한 거예요."

그녀의 콧잔등에 땀방울까지 송송 맺혔다. 나는 내가 아까부터 그녀의 생김새만 요모조모로 뜯어보고 있었다는 느낌이 났다. 젖가슴과 엉덩이가 발달한 여자라고 아까부터 느끼고 있었다…… 대학 때의 보건학 선생은 젖가슴이 크고 엉덩이가 큰 여자를 고르라고 했지. 2세를 잘 키우기 위해서는 통통배보다는 항공모함을 타라. 그런데 이 젊은 여자야말로 적격이로군. 항공모함은 몰라도 섬 여자답게 생활력 강한 건강한 여자. …… 이 섬은 말 엉덩이 같아서 마둔도가 맞아. 이 암말이 그걸 고증해주고 있어. 여자란 항상 뭔가 증명해주고 확인해주는 데 필요한 존재거든. 그런데 도대체 공동체란 뭐란 말인가, 암말들과 수말들이 뒤얽혀 살자는 것은 혹시 아닌가, 나는 저열한 상상을 하고 있다고 스스로 인정했다.

"우리 뜻은 자연에 거스르지 않고 자연과 융화해서 살아가 자는 거예요. 어때요? 흥미 있으세요?"

그녀는 다시 생글생글 웃었다. 머리가 무거웠다. 무더운 여름에 불우이웃 돕기 이야기는 나를 한결 무덥게 했다. 밖에는 뙤약볕이 쏟아지고 있었다. 머리가 어지러웠다. 그러나 그것은 뙤약볕 탓은 결코 아니었다. 이곳이 도대체 어떤 섬인지, 이곳 사람들이 도대체 무슨 꿈을 꾸고 있는지 유별나게만 와 닿았다. 이상의 섬은 이런 곳은 아닐 것이었다. 그러한 '새로운 계획'을 짜고 있는 젊은이들이 있음에도 불구하고 이곳에 몰려들어온 모든 사람들이 자신의 삶에 실패한 사람들이라는 생각이 눈시울 따갑게 쏟아지고 있는 뙤약볕처럼 뇌리에 따갑게 와 닿았다. 내 친구 또한 예외는 아니었다. 부유한 집안의 외아들인 그는 사귀던 여자와의 결혼을 집안에서 반대하는 바람에 뜻을 이루지 못하자 집을 떠난 것이었다. 그들 남녀도 꽤 오래 사귀었었다. 내가 결혼하기 전의 어느 크리스마스이브에 우리들 남녀 두 쌍은 한 여관방에서 잠을 잔 적도 있었다. 이른바 혼숙이었다. 새벽에 나는 그들이 우리가 깰까봐 조심스럽게 바스락거리면서 관계하는 소리에 잠이 깨었었다. 내가 살

그머니 손을 뻗어 내 여자의 손을 더듬어 잡자, 그녀도 어느 새 깨어 있었던 듯 내 손을 꼬옥 마주 잡았다. 그런 채로 우리는 숨을 죽이고 살아 있는 석고상처럼 누워 그들의 일이 끝나기만을 기다려야 했다. 그들의 숨소리보다도 우리들의 숨소리가 더 높다고 느꼈었다는 생각이 난다. 그들이 막상 결혼하려고 했을 때 그의 부모는 웬일인지 여자에게 호감을 보이지 않았다. 인생이란 그냥 달리기라기보다는 장애물경주라는 편이 옳을 것이며, 그의 부모의 반대는 아주 적은 장애물 같았는데도 그는 눈에 띄게 허물어지고 있었다. 그는 그녀가 상심할까 봐 더 그런 듯했다. 그는 그것은 당연한 장애물이 아니라고 여겼던 것일까. 잘 달리고 잘 뛰어넘는 말도, 살아 있는 것을 밟지 못하는 말의 습성 때문에, 진로에 꿈틀거리는 작은 벌레 한 마리라도 있으면 그걸 비켜 가려다가 쓰러진다고 했다. 그런 어느 날 저녁 그가 나를 찾아왔었다. 그는 술에 잔뜩 취해 있었다. 밖으로 나온 우리는 가까이 마땅한 곳도 없고 하여 동네의 어린이 놀이터로 가서 그네에 걸터앉았다. 그와 함께 느닷없이 그는 흐느끼기 시작했다. 어안이 벙벙해 있는 나에게 그는 그녀가 시집을 가버렸음을 들려주었다. "시집을 가다니?" 나는 무슨 소린지 알 수가 없었다. 불과 열흘 전에도 우리는 함께 만나 그때 한창 유행하던 비엔나 커피라는 것을 마시며 웃고 떠들지 않았는가. "뭐가 어떻게 된 거야?" 나는 믿기지 않았다. "몰라." 그는 고개를 저었다. 그네의 쇠줄이 흔들리는 소리가 났다. "자세한 애길 해봐. 설마 그럴 리가 있을라구." 아무래도 그가 거짓말을 하는 게 아니면 뭔가 잘못 전달된 모양이라고밖에는 여겨지지 않았다. "어제야. 바로 어제였대. 그게 사실이라는 것밖에는 나도 아무것도 몰라." 그는 훌쩍거리며 여전히 고개만 젓고 있었다. 그가 그렇게까지 하면서 거짓말을 할 까닭이 없었다. 그러나 그런 일이 어떻게 일어날 수 있을까. "며칠 만에 오늘 집으로 연락해보니까 그러는 거야. 모르고 있었느냐고 오히려 놀라더군. 그래서 집으로 달려가봤지. 모든 게 사실이야. 신혼여행을 갔다는 거야." 그는 숨을 가쁘게 몰아쉬었다. 아무리 결혼이 약식으로 치러지는 시대이고, 여자들이 실리에 따라 움직이는 시대라고는 하지만, 어떻게 그렇게 전격적이고 감쪽같을 수 있단 말인가. 더군다나 사랑하는 사람이 번연히 있으며, 약간의 장애만 있을 뿐 그 둘은 말하자면 '장래를 약속한' 사이였다. 그가 그렇게 말하고 있음에도 불구하고 내게는 도무지 믿기지 않는 일이었다. 그런 일이 어떻게 사실일 수 있을까. "너한텐 한마디 말도 없었단 말이지?" 그것이 사실이라면 이런 마당에 굳이 따질 계제가 아니었다. 견딜수 없다는 듯 그는 고개만 끄덕였다. 거봐. 여자의 마음은 갈대와 같다지 않았어 하는 투로 말을 해야 하는지 어떤지 나는 잠시 망설였을 뿐 더 이상 아무 말도 할 수가 없었다. 그렇게 그는 사랑하는 여자와 헤어진 것이었다. 모를 일이었다. 그가 그녀를 사랑했듯이 그녀가 그를 사랑했다는 것을 의심할 수는 없을 것 같았다. 항상 새침하고 야무진 모습의 그녀의 어디에 그처럼 어이없는 구석이 있었는지 아득한 느낌이었다.

그들의 그와 같은 결말은 사실이었다. 그로부터 얼마 뒤 나는 그녀에게서 한 통의 전화를 받았던 것이다. 그녀는 수화기 속에서, 그들이 부부가 되기에는 너무나 오랫동안 사귀었다는 것, 부모의 반대에 부딪히자 상심하는 모습은 결코 훌륭한 모습은 아니었다는 것, 차라리 어디론가 도망이라도 치자고 했으면 기꺼이 응했으리라는 것 등등의 말을 들려주었다. 그 말들을 어떻게 이해해야 할지 나는 망연할 뿐이었다. 그녀는 어딘가에 몸을 던지듯 결혼을 했노라고 하면서 전화를 끊었다. 그러나 나는 전화가 왔었다는 말을 그에게 하지 않았다. 어느 것 하나 그에게 도움이 될 만한 내용이 아니었다.

그가 서울을 떠나서 바오밥나무 아래로 간 것은 그런 뒤였다.

*

　낚시를 하려고 배에 있겠다고 한 말을 지키려는 듯 나는 뱃전에 드리웠다. 운이 좋아야 손가락 굵기의 노래미 새끼나 성냥갑만 한 도다리 새끼를 올릴 수 있는 게 고작이었다. 도선장 옆의 어협 공판장에 매달아놓은 산소통 종이 땡땡땡땡 울리는 소리를 들으며 나는 낚싯줄을 던졌다. 녹슨 산소통이 울리면 고깃배가 잡은 고기를 싣고 들어온 것이었다.

　"뭣 좀 잡힙니까?"

　청년 하나가 지나가다가 물었다.

　"통 안 무는군요."

　내 말에 청년은 그럴 것이라는 듯 고개를 끄덕였다. 그러나 청년은 미처 모르고 있었다. 나는 고기를 잡고 있는 것이 아니었다. 삶에 쫓기어 이 막다른 섬, 막다른 골목까지 나는 왔다. 그런 지금 손가락 굵기의 노래미 새끼며 성냥갑만 한 도다리 새끼를 낚아서 무엇을 하겠다는 것인가. 새끼 고기가 아니라 고래라고 한들 인도네시아의 그 곰같이 삶의 의미를 투영시킨 대상이 아니고서는 마찬가지였다. 그래서 선실을 가숙(假宿)이라고 나름대로 이름 붙이고도 있었다. 가숙이란 조병화 시인의 용어였다. 세상에 태어나서 살다 가는 인생살이란 임시 숙소, 즉 가숙에 머물다 가는 것이라고 그는 해석하고 있었다. 그 가숙에서 나도 나름대로의 해답을 얻어야 했다. 어찌된 셈인지 이제까지의 삶은 실패의 연속이었다. 나는 늘 현실과 괴리되어 있다는 생각에 괴로웠다. 사치가 아니었다. 이 땅에 발을 붙이고 뿌리를 내리고 살고 싶었다. 적응력이 부족하다고 매도해도 하는 수 없었다. 어떤 돌파구를 찾지 못하게 될 경우 내게 닥쳐올 사태가 무엇인지에 대해서 나는 두려워하고 있었다. 나 스스로도 감당하지 못할 사태란 죽음일 것인가. 두려웠다.

"조황(釣況)이 어때?"

어느새 퇴근을 했는지 친구가 뱃전에 건너 뛰어오르고 있었다.

"물을 낚고 있는 중이지."

"아닌 게 아니라 곧 개각(改閣)을 단행할 모양이던데, 기다려봐야겠군."

그는 웃으면서 옆에 와 앉아서 길게 드리워져 있는 살림망을 끌어올렸다.

"애개개. 이게 뭐라고 하는 짐승들이지?"

"고래겠지."

"사실 여기선 잡힐 까닭이 없지. 언제 시간 한번 내서 배 타고 바깥으로 나가자구. 코끼리만 한 감성돔 한 마리 잡아 대령할 테니까 말야."

"코끼리만 한 감성돔, 그것도 괜찮겠군. 하지만 난 지금 물고기가 아니라 사람을 낚는 어부가 돼야겠다고 생각하고 있어."

"첩첩산중이로구나. 사람이라기보다 여자라고 하는 게 옳지 않을까?"

"맞았어. 독심술은 언제 배웠지?"

"자, 그만 일어서. 어디서 맥주나 한잔하자. 어차피 여기서는 사람도 못 낚을 테구."

나는 그가 이끄는 대로 낚시를 접고 일어났다. 해가 어느덧 항구를 에워싼 산마루를 넘어가고 있었다. 우리는 우뭇가사리를 널어 말리고 있는 해안통의 길을 걸어갔다.

"저 집 어때?"

그가 가리키는 곳으로 나는 눈길을 보냈다. 버지니아 울프의 소설 제목에서 땄을까 아닐까. '등대로'라는 빨간 글씨의 아크릴 간판이 저녁 햇살에 빛났다.

"어서 오세요. 처음 뵙겠습니다. 친구 분인가 보죠?"

여자가 웃음을 흘렸다.

"친구 분이라니? 이분은 선장님이셔."

"어머머머. 멋지셔라. 아무튼 뵙게 돼서 영광입니다."

여자는 호들갑을 떨고 있었지만, 벌써 우리들이 친구 사이임을 간파하고 있는 눈치였다.

"누가 버지니아 울프를 두려워하랴."

흐트러진 분위기에 맞춘답시고 나도 한마디 거들었다. 누가 버지니아 울프를 두려워하랴. 내가 출국하기 전, 그리고 그가 또 그녀와 한창 사귀던 무렵, 우리들 넷은 그 연극을 보러 함께 간 적이 있었던 것이다. 그 역시 잘 알고 있었을 것이다. 그가 '등대로'의 간판을 가리켰을 때, 벌써 그는 그 모든 추억을 불러일으키고 있었는지도 모른다. 아니, '등대로'의 간판을 가리키기 전에 이 술집을 생각했을 때, 벌써 버지니아 울프를 떠올리지 않을 수 없었을 것이다. 누가 버지니아 울프를 두려워하랴. 이제 와서, 그 연극은 매우 씁쓸하게 내게 다가왔다. 연극 속의 부부들은 현대라는 이 시대의 사막 한가운데서 오아시스를 찾는 대상들처럼 헛된 말의 맴돎 속에 부르짖고 있었다. 진실한 사랑은 어디에 있는가 하고.

그는 나를 우스개로 선장이라 했지만 나는 배에 오르고부터 신드바드라는 이름을 기억해내고 있었다. 어릴 적 만화에 등장한 그는 아라비아의 선장이었다. 자세하게는 모두 잊어버렸어도 하여튼 그는 이름난 항해자로서 모험을 헤쳐 나가는 선장이었다. 나중에 그의 고향이 오만이라는 사실을 알고 나는 오만의 수도 무스카트 쪽으로의 여행을 꿈꾸게도 되었다.

그러고 보니 섬에 와서 그와 고즈넉이 마주 앉은 것도 처음인 듯싶었다. 아니, 가까운 어느 시간이 아니라 아주 오래전 어느 때 이래 처음인 듯싶었다. 나는 그와 처음 만났던 대학 시절을 회상했다. 그 무렵의 대화들이 어두워오는 저녁 하늘에 고대의 쐐기문자나 결승문자처럼 어른거렸다. 그때 나는 고대 문자에 흥미를 가지고, 프랑스의 이집트 학자 샹폴리옹이 해독한 로제타 비석과 오벨리스크의 이집트 문자를 어설프게 더듬고 있었다. 새의 형상도 하나의 알파벳이었다. 클레오파트라의 철자에도 그 새의 형상이 들어 있었다. 그렇게 서투르게 더듬던 고대 문자처럼 우리의 만남의 대화가 더듬어지며 고고학(考古學) 실습 시간이 떠올랐다. 철학과 학생인 내가 고고학에 관심을 갖는다는 것은 하등 이상할 게 없었지만, 경영학도인 그의 경우는 희귀한 예에 속했다. 그 무렵 나는 거의 매일 외날찍개니 긁개니 누르개니 하는 깨진 돌들과 함께 지냈는데, 거기에는 그의 애인인 그녀가 신기한 눈빛을 하고 일주일에 한두 번씩 나타나곤 했었다. 처음 그녀가 지하층의 분류실로 얼굴을 빠끔히 들이민 날 나는 그녀에게 1979년에 발견된 충북 청원군 두루봉 동굴의 유물들을 보여주었다. 칠만오천 년 전쯤의 빙하기에 살았던 원숭이의 이빨, 십삼만 년 전쯤 살았던 동굴곰과 하이에나의 뼈 등등에 숯도 있었다. 이것들이 발견됨으로써 제주도의 빌레못 동굴, 충남 공주군 석장리의 유적, 함경북도 웅기군 굴포리의 유적과 더불어 한반도의 구석기 시대는 그 모습을 더욱 뚜렷이 드러내게 되었다고 나는 무엇이 그렇게 시켰는지 의기양양하게 말했다. 사실 소중히 다루어서 아무에게나 내보일 수는 없는 것들이었다. 그러자 그녀는 매우 쑥스러운 표정을 지었다.

"지하에 화장실이 있다고 해서 찾는 중인데요."

그러니까 몇십만 년 전의 특이한 짐승 뼈든 방금 학교 앞의 감자탕집에서 내가 버린 돼지 뼈든 상관없는 일이었다. 그러나 그렇지는 않았다. 그녀는 그 뒤로 화장실보다도 분류실에 드나들기 위해서 그 어두컴컴한 지하층으로 내려오고 있었다. 그러던 어느 날 우리는 원시인들의 돌연모와, 지금은 우리나라에 살지도 않는 짐승들의 뼈 사이에 서 있는 현실에 어리둥절해하곤 했다. 그리고 그보다 내가 더 그녀를 사랑하는 거라고 진단하기도 했었다. 다른 아이들이 다방이나 술집이나 영화관이나 그런 공간에서 사랑하는 것과 비교해서 우리들의 사랑이 매우 원시적이라는 데 필요 없는 자부심을 느낀 결과이기도 했다. 여자가 남자를 지나치게 의기양양하게 만들거나 반대로 지나치게 의기소침하게 만들었다면 그것이야말로 사랑의 시초임을 나는 그때 배웠다.

우리들의 고고학 분류실 출입은 그 뒤로도 몇 달 더 계속되었다. 그러나 충북 제천군의 점말 동굴에서 발견된 사슴 뼈가 구석기시대 사람들의 예술품이라는 추정이 한 권위 있는 외국인 고고학자에 의해 무참히 부인되고 나서 우리는 갑자기 쓸모없는 사람처럼 되어버렸다. 그 사슴 뼈에는 사람의 두 눈과 입을 새긴 형상이 있었고, 우리는 그것을 프랑스의 퐁테슈바드에서 발굴되어 구석기시대 사람들도 예술 행위를 했다는 흔적으로 알려지고 있는 유물들에 비견했던 것이다. 그러나 그것을 살핀 외국인 학자는 무슨 근거에서인지 그 형상이 우연히 긁힌 흠집이라고 단정해서 우리를 실망시켰다. 하지만 사슴 뼈가 어찌되었든 그때쯤은 어느 누구도 우리 관계를 부인할 수는 없게 되어 있었다.

예전의 그와 지금의 그가 달라진 점이 있다면, 말투가 그런

식으로 조금씩 거칠어진 것이었다. 그의 '뼈' 발음은 이국의 어떤 거리에서 듣던 발음을 연상시켰다. 뾰, 뾰, 그들은 뼈를 그렇게 발음했었다. 자카르타에 처음 발을 딛고 가루다의 형상을 뇌리에 크게 부각시키면서, 자바 직립원인의 두개골이 보관되어 있는 박물관 옆 낯선 거리 모퉁이의 구멍가게에서 엽연초가 아닌 무슨 풀로 만든 현지 담배를 사 한 대 피워 물었을 때, 깡마르고 눈이 퀭한 사내가 다가와 말했다. 뾰, 뾰, 그의 손에는 무소뿔로 만들었음 직한 조각이 들려 있었다. 뾰, 왓? 내 물음에 그는 다시 말했었다. 뾰, 오, 천, 원. 한국말이었다. 그러나 불행하게도 그는 그것밖에는 아무 말도 하지 못했다. 누군가. 그 사내의 생계를 위해 그 낱말을 가르쳐준 한국 사람은. 나는 먹고산다는 것에 새삼스레 비애를 느끼며 숙소로 돌아왔었다.

나는 술잔 하나를 더 가져오게 해서 '울프 마담' 앞에도 놓도록 했다. 각자의 술잔에 술이 가득 부어지고 우리는 말없이 술잔을 들었다. 분위기가 갑자기 가라앉으면서 으레 있을 법한 '건배' 소리도 아무 입에서도 나오지 않았다. 그가 그만큼 떠들었는데도 결국 분위기가 그렇게 된 까닭을 알 수 없었다. 분위기를 부추길 사람은 나였지만, 나 역시 전혀 그럴 기분이 아니었다. 작은 술집은 기관 고장을 일으킨 채 망망대해를 펴 가는 작은 배 같았다. 몇 잔씩이 더 오갔을 때, 그가 비틀거리 며 일어났다.

"어딜 가게? 화장실?"

"아니, 아니, 잠깐만."

그는 괴로운 듯 손을 내저으며 바깥으로 나가고 있었다. 나 는 반사적으로 일어나 그를 따라갔다. 문 밖은 좁은 해안통 길 이었고 곧 바다였다. 그가 길을 건너 바다 쪽으로 허리를 굽혔 다. 토하고 있는 것이었다. 나는 그의 뒤로 가서 가볍게 등을 두드렸다.

"괜찮아. 괜찮아."

그러면서도 그는 연신 토했다. 사위는 검게 어둠이 내려 있 었으나 만 안은 길 옆의 상점들에서 비치는 불빛으로 오색의 빛을 담고 어른거렸다.

"많이 불편해? 너무 마셨어."

"괜찮아……"

그는 우엑우엑 위장의 것은 물론 오장육부의 모든 것을 다 토해내고 있는 듯싶었다. 나는 등을 두드리던 것도 그만두고 우두커니 서 있었다.

"조금만 더 토하고 들어갈 테니깐 들어가봐."

"괜찮겠어?"

"응."

나는 바다를 향해 몸을 굽히고 있는 그를 놔두고 술집으로 돌아왔다.

"무슨 일이에요?"

"아니…… 속이 좀 불편한가봐요. 좀 있으믄 들어올 거요."

나는 술잔을 들었다. 그는 떠나간 여자에게서 아직도 헤어나오지 못하고 있었다. 아마도 그녀에 관한 무슨 소식을 들은 모양이었다. 그는 어디로 간 것일까. 잠시 뒤에 밖으로 나가 살폈으나 그는 바다를 향해 몸을 굽히고 있던 곳에 보이지 않았다. 나는 해안통의 길이 이어져 있는 방파제 쪽으로도 발길을 옮겨보았다. 어둠 속에 무인 등대의 불빛이 반짝 또 반짝 하고 있었다. 그 불빛은 어느 멀고 먼 별에서 보내오는 아득한 구조신호 같았다. 몇몇의 젊은이들이 오가며 그 구조신호에 답하듯 휘익휘익 휘파람을 불고 있었다. 그러나 거기에도 그는 없었다. 아마도 너무도 취한 나머지 그의 기숙사 방으로 그냥 돌아간 것인지도 몰랐다. 그랬다면 다행일 텐데. 나는 하는 수 없이 '등대로' 되돌아왔다. 그리고 그로부터 정신없이 퍼마시기 시작했다……

밤이 이슥해서 화장실에 갔던 나는 거기서 친구를 만났다.

"여기서 뭘 하고 있는 거야? 방파제까지 가서 찾았는데."

"뭘 하긴 뭘 해. 널 기다리고 있는 중이지. 지구의 종말이 왔다네."

그가 온몸을 으스스 떨었다.

"종말이? 어디?"

"바다를 봐."

그가 가리키는 대로 바깥 쪽 바다를 보니 과연 거기에 종말이 찬란한 빛을 내뿜으며 다가와 있었다. 눈이 부셨다.

"눈이 부시군."

"저게 거성(巨星)이라는 거야. 너도 알지? 별은 풍선처럼 부풀어 질량이 희박해지면서 저러다 터져버리는 거야. 터지기 전에 여길 빠져나가야 돼. 급해."

"어디로?"

"저기 바다 건너 환초(環礁)가 하나 있지. 내가 봐뒀던 거야. 옛날 쿠크 선장이 발견했다고 해."

그가 내 손을 잡아끌었다. 우리는 바깥으로 나와 바다를 건너 그 환초로 갔다. 환초에는 희고 큰 새들이 종말을 피해 몰려와 산호 가지 위에 깃들어 있었다.

"무시무시한 새 떼로군. 아비 떼들인가?"

"아비가 아냐. 알바트로스야. 신천옹."

새들이 산호 가지에 옮아앉을 때마다 눈이 쌓인 듯한 산호 가지들이 툭툭 부러져 나갔다.

"배고프면 저것들을 잡아 바비큐를 해먹는 거야. 보라구."

그가 손을 쓱 뻗치자 새는 일부러 그의 손아귀에 들어오는 듯 날개를 퍼덕이며 잡혔다.

"물새들은 다 기름이 많아. 기름을 깃털에 묻혀서 물에 젖지 않게 해야 하기 때문이지. 불에 구우면 그 기름이 불길을 일으키면서 고기를 잘 익히지."

그가 새의 흰 털을 홀랑 뽑고 어느 결에 불에 구웠다. 먹음직스러운 냄새가 났다.

"맛있겠는걸."

"그럼. 먹어봐."

그가 익혀진 새를 내밀었다. 그때였다. 새의 얼굴을 흘낏 본 나는 놀라지 않을 수 없었다. 어디선가 많이 본 모습이었다.

"아, 이건, 이건…… 안 되겠어."

나는 겁에 질려 소리쳤다. 그 얼굴은 낮에 시장에서 본 어느 여자의 얼굴이었다. 고것들 볼 때마다 가운을 홀랑 벗겨놓구 싶더라니까. 그는 마치 그렇게 새의 흰 깃털을 홀랑 벗기고 만 것이었다. 나는 뒷걸음치다가 환초의 한가운데 괴어 있는 물 속에 그만 깊이깊이 빠지고 말았다.

다음 날 그 작은 선실에서 눈을 뜬 나는 어디선가 새가 푸드득거리는 소리를 들었다. 그 소리 때문에 깨어난 듯도 싶었다. 그러나 아무리 둘러보아도 어디에도 새는 모습조차 없었다.

환초…… 새……

나는 혼자서 고개를 저었다. 툭툭 부러져나가던 산호 가지들, 지구의 마지막 날에 외딴섬에 날아와 우짖는 동박새, 아비, 도요새 등등 무수한 새들, 이곳이 그 같은 섬이라는 생각이 들었다.

*

텔레비전이 남극의 일각고래들의 모습을 보여주었다. 처음 보는 광경이었다. 무리를 지어 산다는 그 고래들은 외뿔을 기다랗게 바다 위로 뻗치고 어울려 있었다. 흰 고래가 나오는 《백경》을 읽던 대학 이래 고래의 기이함에 빠려든 것은 또 다른 새로움이었다. 지구는 기이한 생물들을 기름으로써 우리의 삶을 기이함 속으로 이끌고 있었다. 산다는 것은 기이함이었다. 나는 배의 방에 누워 일각고래들의 노래를 듣고 있었다. 일각고래들이 이끄는 삶을 잊지 말자는 다짐이 나를 감쌌다. 그것이 무엇인지 모르더라도 세상에 일각고래들이 있다는 것, 그것은 또 다른 삶의 깨우침이었다.

배의 방에서 일각고래를 꿈꾸던 나는 바깥으로 나와 선창가를 걸었다. 나는 바닷가 낡은 여관을 알고 있었다. '알고 있었다'는 것은 그곳 어느 방의 벽에 얇은 볼펜으로 씌어 있던 어떤 구절 때문이었다. 많은 사람들이 육지에서의 실패와 좌절을 안고 섬으로 오고 있었다. 그래서 나는 그 구절을 보았다.

'저기 행복이 내게 온다. 저기 사랑이 밀려온다. 지난날 아픔의 서러움이 자리하고 있는 마음엔 다가설 수 없어 더더욱 서글퍼라.'

글귀는 그 옆의 무슨 샴푸 광고 옆으로 이어지고 있었다. 그리고 또 하나의 구절.

'물빛 몸매를 한 외로운 한 마리 학이 되어 파도 위를 날아본다. 그리움이 파도에 쌓이고 거품을 날리며 흩어지고. 아픈 나의 가슴은 하얀 조가비. 희.'

희라는 이름의 여자가 끼적거려놓은 글귀였다. 물빛이니 외로운 학이니 파도니 조가비니의 낱말들이 거북했음에도 불구하고 신선한 아픔이 있었다. 어쩌다 배의 방 대신에 찾아든 여관방에서 쉽사리 잠을 못 이루던 내게 요술처럼 나타난 글이 오랜만에 향긋한 안식을 주었음을 부인할 필요는 없겠다.

그러나 그 안식은 또한 내 상처를 건드리고 있었다. 나는 떠나간 여자와의 만남을 곧이곧대로 받아들이기 힘들었다. 그녀는 어떤 경우에도 내 영토 안의 여자였다. 그러므로 그것은 내 안에서의 삶에 지나지 않아야 한다고 여겼었다. 이것은 그만큼 그녀를 믿었다는 이야기도 되는데, 그렇다면 그런 무모한 믿음 아래서 나는 정도를 넘어서 방종한 셈이 되는 것이다. 나는 그녀가 모든 내 방황과 방종을 받아들이기를 강요하고 있었다. 그리하여 먼 나라로 감히 방황의 길을 떠났던 것이다.

떠남으로써 새로운 삶을 시작한 사람이라는 생각이 늘 나를 따라다니고 있었다. 일찍이 전쟁 때 육군 중위가 나를 바닷가 모래사장으로 데리고 간 일이 있고 나서 얼마 뒤 우리는 고향 땅을 떠났고, 그를 따라 새로운 '나'로서 살게 된 것이었다. 나는 지프차 뒷자리에 어머니와 함께 올라앉았다. 이윽고 앞자리에 그가 올라앉자 운전병은 발동을 걸었다. 뒤꽁무니에

매단 트레일러를 끌고 지프차는 하얀 신작로를 달리기 시작했다. 고리짝 두 개와 트렁크 한 개가 거의 모두인 가재도구는 트레일러 하나에다 실리고도 남았다. 그러나 막상 그렇게 떠나고는 있었으나, 나는 그의 존재에 대해 명확한 인식을 가질 수가 없었다. 그는 누구인가. 그 며칠 전에 어머니가 내게 조용히 귀띔해주기는 했었다. 앞으로 아버지라고 불러야 된다. 나는 '앞으로'의 뜻에 그렇게 민감하지 못했었다. 왜냐하면 나는 그 전에도 아버지라는 사람의 얼굴을 거의 모른 채로 지내왔기 때문이었다. 아버지는 나를 낳은 얼마 뒤, 내가 그 얼굴을 익히기 전에 세상을 떠났으므로, 아버지라는 신분이 이 세상에 으레 있는 것인지조차도 알지 못했다. 그런데 '앞으로' 아버지 역할을 할 사람이 나타난 것이었다. 나는 당연히 그렇게 되어 있는 것으로 여겼다. 그러나 그러면서도 내 의식의 원초적인 바닥에 왜 서먹서먹한 감정이 앙금처럼 남아서 나로 하여금 선뜻 그를 아버지라고 부를 수 없게 하는지 알 수 없었다. 그것이 본능이라는 것인지도 몰랐다. 나는 지프차 뒷자리에 앉아서 아무 말 없이 바깥쪽으로 눈길을 던지고만 있었다. 어머니도, 그도, 운전병도 아무도 아무 말을 안 했다. 시가지를 벗어난 차는 뽀얗게 먼지를 날리며 달리고만 있었다. 아버지라는 저 안경 낀 군인 아저씨는 우리를 데리고 도대체 어디로 가고 있는 것일까. 모든 것이 내게는 미지의 세계의 일이었다. 날씨는 좋았지만 흩날리는 먼지로 모두들 온몸에 횟가루를 뒤집어쓴 몰골들이었다. 흙먼지는 어머니의 머리카락에 뽀얗게 앉았고, '아버지'의 군모 위에도 뽀얗게 앉았다. 털어낼 수도 없는 흙먼지였다. 엉덩이가 배기고 서서히 목이 타왔다. 아직도 전쟁은 채 끝나지 않았고 산과 들은 황폐할 대로 황폐해 있을 무렵이었다. 풀과 나무의 싹들이 파릇파릇 돋아나는 때였는데도 산에는 붉은 황토가 더 많이 드러나 있었다. 한나절은 꼬박 달려도 이렇데 할 인가는 나타나지 않았고, 어쩌다 산자락에 엎드려 있는 한두 채의 납작한 집들은 빈집인 양 사람 그림자 하나 얼씬하지 않았다. 지프차는 그러한 들의 한가운데를 지나, 이제 어떠한 앞날이 기다리고 있는지 알 수 없는, 마냥 불안하기만 한 곳으로 오직 질주하고 있을 뿐이었다. 나는 온몸을 꼬면서 몸을 비틀었다. 그래도 어느 누구 내게는 관심을 기울이지 않았다. 모두들 새로운 생활에의 동경보다도 막연한 불안감에 젖어 있었는지 모른다. 그랬을 것이다. 배도 몹시 고파왔다. 그러나 나는 뭐라고 말을 꺼낼 수가 없었다. 군모를 눌러쓴 '아버지'는 여전히 앞만을 응시하고 있고, 어머니도 이렇다 할 감정의 표시를 안 하고 있다. 운전병도 핸들을 거머쥐고 지프차를 모는 데만 열중해 있다. 아직 멀었을까요 하는 말이라도 함 직하건만 어머니는 흙먼지를 뒤집어쓴 석상처럼 앉아 있을 뿐이었다. 어머니뿐 아니라 한결같이 산속에 있는 미륵 석상 같았다. 숨이 막힌다. 언제까지 달려도 끝내 목적지에 도달하지 못할 것만 같다. 아니, 애초부터 목적지란 없는 것만 같다. 슬며시 두려운 감정마저 솟는다. 아아 길은 어디까지 뻗어 있는가. 더 이상 견딜 수 없었다.

"저기 집이 보이는군."

그때 '아버지'가 마침내 입을 열었다. 어릴 적 나의 기다림은 이렇게 마지막 한계에 이르렀다 싶을 때 숨통이 트인다는 식으로 이루어지는 일이 많았다. 앞을 눈여겨 바라보니 과연 게딱지 같은 집 몇 채가 흙먼지를 뒤집어쓰고 있었다.

"사람들이 있을지 모르겠습니다."

운전병이 말했다.

"있는 것 같아."

'아버지'는 어디서 사람 냄새를 맡고 있는지 그렇게 말했다. 운전병이 지프차를 그 집들 앞에 세웠다.

"계시오?"

'아버지'가 안에 대고 소리치는 동안에 어머니는 벌써 집 앞의 우물에서 물을 긷고 있었다. 우물의 두레박이 사람이 살고 있음을 말해주고 있는 듯싶었다.

"계시오?"

몇 번인가 '계시오' 소리가 나오고서야 안에서 인기척이 났다.

"뉘십니까……?"

나이가 듬 직한 부부였다. 그들은 상당히 겁을 집어먹고 있는 얼굴이었다.

"밥이 좀 있을까 해서요. 먹던 거라도 좋습니다."

'아버지'의 말에 그들은 고개를 저었다.

"아무것도 없습니다. 있는 거라곤 보리쌀 조금밖에……"

"그럼 그걸로 우선 밥을 지어주시오. 사례하리다."

'아버지'는 말하고 나서 문득 고개를 돌려 길 건너 밭을 바라보았다. 밭에는 무엇인가 파릇파릇 자라고 있었다. 마늘이었다.

이윽고 우리 새로운 가족은 밭에서 뽑아온 풋마늘을 된장에 찍어 보리밥을 먹기 시작했다.

"자, 찬이 없으니 이거라도 먹어봐라."

'아버지'가 된장 찍은 풋마늘을 내게 내밀었다. 그때 내가 왜 부끄러움을 느꼈는지는 자세히 알 수 없다. 다른 기억들이 어느 정도 뒷날의 추론이 가미된 것이라고 한다면 그 장면만은 갓 현상돼 나온 사진처럼 선명한 것이다. 그리고 입에 집어넣었던 풋마늘의 향긋한, 아무리 시장이 반찬이라지만 그것은 별다른 향미였다. 그 뒤로 나는 풋마늘만 보면 그때의 장면을 연상하게 되었는데 그때 무엇보다도 중요한 것은 그로 말미암아 내가 '아버지'의 존재를 공고하게 내 마음에 받아들이기 시작했다는 점이었다. 나는 뜻하지 않게 내 인생의 그 새로운 출발을 회상해보며 씁쓸한 웃음을 머금었다.

일각고래의 꿈을 꾸었던 날, 저녁 친구를 만난 나는 뜻밖의 제안을 받았다. 자애원 시설에서 무슨 교양 강좌를 한다는데…… 그는 가볍게 입을 열었다. 제안이라기보다 상의에 가까운 말투였다. 요컨대 그 교양 강좌에 참여할 수 있겠느냐는 타진이었다. 나는 듣고만 있었다. 뭐 강좌랄 것도 없다고 그는 나를 안심시켰다. 그러니까 초보 수준의 문학 이야기면 되지 않겠느냐는 것이었다. 담당자는 자원봉사로 일하는 여자인데 병원의 간호사라고, 내가 허락하면 그때 만나자는 약속을 했다고 그는 덧붙였다. 내가 뭘…… 하고 의례적으로 뒤로 빼려던 나는 갑자기 어떤 의욕이 솟는 것을 느꼈다. 대상이 대상이

니만큼 새로운 경험을 놓치고 싶지 않았다.

"동화, 동시 같은 이야기가 어떨까?"

나는 대뜸 달라붙었다.

"그야 좋을 대로. 《어린 왕자》도 좋겠지."

그의 생각이 바오밥나무에까지 뻗치고 있음이 분명했다.

다음 날 배의 방에서 나온 나는 바닷가 길에서 자애원 쪽으로 발걸음을 옮겼다. 교양 강좌와 상관없이 그곳에 다시 한 번 가보고 싶었다. 돌담에 양철지붕을 한 집을 지나자 바다로 붙어 난 길은 훨씬 좁아졌다. 그 길로 가면 지름이다 싶었으나 제대로 된 길도 아니었다. 삐죽삐죽 돋은 돌들을 밟고 얼마쯤 가자 운동복을 입은 청년들이 나타났다. 그들은 바다를 향해 방울낚시를 던지고들 있었다. 그리고 곧 오른쪽으로 소나무 숲을 끼고 자갈밭이 펼쳐졌다. 벼랑으로 올라가자면 그 자갈밭을 지나야 했다. 자갈들은 웬만한 바닷가의 자갈들과는 달리 모가 져 있었다. 낚시꾼들이 잡아서 버린 듯한 작은 물고기들이 자갈들에 말라붙어 있을 뿐 조개껍데기 하나 없는 바닷가였다. 나는 조심스럽게 자갈들을 밟고 그 자갈밭을 지나갔다. 자갈밭이 끝나는 곳에서부터는 오른쪽으로 올라가게 되어 있었다. 평평한 소나무 숲이 계속되다가 갑자기 등성이를 이루는 곳이었다.

'입산금지'.

그래도 그 길로 가기 위해서는 그 팻말을 무시해야 했다. 풀로 뒤덮인 좁은 오솔길이 나 있었다. 가파른 길이었다. 소나무들이 바람에 쓸리는 소리가 들려왔다. 얼마를 올랐을까. 앞이 탁 트이고 바람이 세차게 얼굴을 때렸다. 바다였다. 그리고 바위 벼랑이었다. 그곳이 바로 그녀가 말했던 곳임이 직감되었다. 파도는 멀리까지 희게 포말을 일으키며 온 바다 전체를 일렁이게 하고 있었다. 새들…… 그러나 새들은 예상보다 그리 많지 않았다. 아마도 점점 거세지는 바람에 어디론가 날아가 바위틈에 깃들었으리라. 어림짐작해보았다. 막막한 일이었다. 엉뚱한 길로 접어든 것이 이 무슨 허무맹랑한 짓거리란 말인가.

자애원의 흰 건물은 저녁 어스름에 회색을 띠고 항구를 굽어보고 있었다. 그것은 내게는 변함없이 거부하는 몸짓을 하고 있는 것 같았다. 나는 산보하러 온 정도의 가벼운 마음을 가지려고 심호흡을 했다. 나는 반쯤 열려 있는 문을 들어서서 시멘트 층계를 오르기 시작했다. 층계에서는 바다가 보이지 않는다. 다 올라가 용설란이 자라는 뜰에 서면 바다가 보인다. 우선 거기서 바다를 보리라. 얼마쯤 서성거리다가 그것으로 그냥 내려오면 그만이었다. 아열대성의 나무들이 바람에 스적이고 있었다. 좌우를 돌아보아도 사람 그림자는 눈에 띄지 않았다. 그러나 마음을 너무 놓아서는 안 되었다. 어느 녀석이 불시에 튀어나와 '악!' 소리를 지를지 알 수 없었다. 아니다. 지금은 저녁 시간도 지나 모두 건물 안으로 얌전히 들어가 있는 듯도 싶다. 나는 빠르지도 않게 또 느리지도 않게 층계를 올라갔다. 그 뜰은 변함이 없었다. 흰 철제 탁자와 의자, 꿈틀거리며 크게 자란 용설란, 빨갛고 파란 난초 등등. 다만 저녁빛에 그것들은 제 빛깔이 흐려 있을 뿐이었다. 자원봉사자라는 그녀가 이곳에 오면 어디에 있게 되는 것일까. 나는 어김없이 바다를 내려다보았다. 바다는 이미 어둠에 젖어들고 있었다.

그때였다.

어디선가 나지막한 노랫소리가 들려온 듯했다. 파도를 피해 오는 배의 머나먼 무적 소리인가 했을 정도의 짤막한 노랫소리였다. 나는 소리가 난 쪽을 가늠하여 살금살금 걸어갔다. 용설란도 바람을 맞아 기괴한 동물처럼 꿈틀거리고 있는 것처럼 보였다. 나는 몸을 낮추고 용설란 잎사귀 밑으로 몸을 빼져나갔다. 노랫소리가 아니었다. 나는 귀를 의심했다. 아무 소리도 들리지 않고 바람 소리만이 귓바퀴에 맴돌았다. 노랫소리가 틀림없다고 해도 그 소리를 따라 건물 옆쪽으로 돌아갔다는 것은 내가 생각해도 이해하기 힘든 행동이었다. 바람 소리 속에서 노랫소리를 찾아내려고 귀를 쫑긋 세웠다. 아무 소리도 들리지 않았다. 그와 함께 모퉁이 방에서 새어나오는 전등 불빛이 눈에 들어왔다. 어스름이 깃들고 있었으나 그래도 낮빛은 꽤 환해서 그 전등 불빛을 쉽게 드러내지 않고 있었던 것이다. 나는 전등불빛이 새어나오는 창문 쪽으로 여러 발짝 다가갔다. 이 모든 행동에 대해서 나는 이해할 수도 없었고, 책임질 수도 없었다. 내 의지가 아니라 다른 누구의 의지로 행동하고 있었다고 변명해야 할 것이다. 만약 노랫소리가 들려왔다면, 내 귀가 틀림없이 그 소리를 들었다면 그것은 그 창문에서 저 전등 불빛처럼 새어나왔으리라고 나는 확신했다. 아니나 다를까,

　　즐거운 곳에서는 날 오라 하여도
　　내 쉴 곳은 작은 집, 내 집뿐이리.

　노랫소리가 들려왔다. 가냘프고 나직한, 여자의 목청이었다. 그 창문에서 새어나오는 노랫소리였다. 나는 내 귀의 감도에

새삼 신뢰감을 느끼며 창문 밑으로 바싹 다가갔다. 그러나 그 창문은 작고 또 높았다.

노랫소리는 다시 언제 그랬느냐는 듯 멎었다. 나는 주위를 두리번거렸다. 한옆에 뒤집어놓은 화분이 있었다. 나는 어떻게든 그 창문을 들여다보지 않으면 안 되었다. 해안통을 오락가락하다가 언덕을 향해 오르기 시작했을 때부터 그렇게 되어 있었던 듯싶었다. 그것이 잘못된 일이고 어쩌고는 따지고 싶지도 않았다. 나는 창문 안을 들여다보는 게 아니라 노랫소리를 들여다보는 것이다. 바람 속에서 노랫소리를 듣는 것이다. 나는 내가 마치 절해고도에서 표류하여, 지나가는 배를 발견한 사람처럼 여겨졌다. 제법 큰 화분을 창문에서 좀 떨어져 도드라진 부분에 놓았다. 그 거리와 그 높이면 안성맞춤이리라 싶었다. 이 집에서는 누구나 기괴한 행동을 하기 마련인가. 나는 화분 위에 올라서서 일각고래처럼 뿔을 세웠다. 그리고 전등 불빛을 바라보았다.

눈이 부셨다.

순간 아 하고 속으로 부르짖지 않을 수가 없었다.

눈이 부셨다.

그러나 그것은 전등 불빛 때문이 결코 아니었다. 아, 전등불빛 아래 차라리 전등 불빛보다는 환하게 비쳐 나오는 물체가 있었다. 발가벗은 여자의 몸이었다. 창문은 높은 편이어서 비스듬히 서 있는 여자의 아랫도리는 엉덩이께까지만 들여다보이고 있었지만, 그것은 젊은 여자의 탄력 있는 몸이었다. 내가 오직 노랫소리를 듣고자 들여다본 창문 안에서 놀랍게도 여자의 벗은, 현란한 몸이 있었다. 가슴이 무섭게 뛰었다. 저 여자는 무엇을 하려고 하고 있는 것일까. 나는 숨을 죽이고 화분 위에 서 있었다. 그리고 다음 순간 여자가 얼굴을 좀 더 이쪽으로 돌렸을 때 나는 다시 한 번 아 하고 속으로 부르짖었다. 나는 그녀를 본 적이 없음에도 불구하고 바로 그녀라고 직감했다. 황홀함도 황홀함이지만 갑작스러운 사태에 당황하지 않을 수가 없었다. 무언가 큰 죄를 저지른 것 같았다. 나는 바다 요정들의 노랫소리에 홀려서 마침내는 난파당하고 마는 배를 타고 온 뱃사람의 운명이었다. 정신을 차려야 했다. 예전 언젠가도 창문으로 여자들을 훔쳐본 적이 있었다. 하지만 그때보다도 더욱 긴장되고 떨렸다. 나는 넋을 잃고 창문 속의 그녀를 훔쳐보았다. 그런데 그녀의 움직임에서 어딘가 이상한 점을 발견한 것은 그 바로 직후였다. 그와 함께 창문 아래쪽으로 아이의 머리가 언뜻 보였다. 그녀는 아이와 함께 있는 것이었다.

그리고 물 끼얹는 소리가 들려왔다. 그제야 그곳이 목욕탕이라는 사실을 알아차렸다. 그녀는 아이와 함께 목욕을 하고 있는 것이었다. 머리통만 보였다 안 보였다 하는 아이는 장애아일 것이었다. 지금까지의 열띤 긴장이 허물어지며 그녀가 새삼스럽게 다시 보여졌다. 그녀는 조금도 거리낌 없이 장애아와 어울려 옷을 벗고 목욕을 하고 있는 것이었다. 노래까지 부르면서. 나는 그녀의 알몸을 속된 수컷의 눈으로 훔쳐본 것에 부끄러움을 느꼈다.

안개 속에서

'물 가운데 집이 있고 사방은 모두 호호망망한 큰 바다
이다. 독한 안개가 찌는 듯하고 회오리바람이 그치지 않
는다. 여름에는 별보다 큰 모기가 몰려들어서 사람을 무
는데 참으로 무섭다.'

이것은 고려 때 사람 이규보(李奎報)가 그 섬에 대해서 한 말
이다. 그러나 이 말이 사실일까. 독한 안개? 회오리바람? 별보
다 큰 모기? 그렇지는 않다. 안개는 봄에서부터 여름까지 자주
끼지만 회오리바람은 그곳만 유독 강조될 성질의 것이 아니
다. 다만 모기는 좀 극성이다. 한낮에도 모기가 달려들어 견디
기 힘들 지경인 것이다. 방충망이 꼭꼭 쳐져 있는 방에도 모기

는 끊임없이 창궐한다. 그러나 내가 여기서 모기에 대해서 이러쿵저러쿵하자는 것은 아니다. 안개, 그놈의 안개에 대해서 이야기하려고 하는 것이다.

며칠 지나면 나는 뱃머리에 '농무기(濃霧期) 해상사고 안전 기간'의 플래카드를 두른 올림픽호를 타고 선착장을 떠날 것이었다.

독한 안개? 맞다. 독한 안개였다. 배를 타려고 했을 때 배표를 파는 창구에는 이렇게 씌어 있었다.

'해상의 안개로 모든 선박의 운행이 중지되고 있음.'

물론 섬과 육지 사이에는 자동차가 오가는 다리가 걸려 있어서 버스 편이 오가고 있었다. 그러므로 나는 언제든 떠나면 될 것이었다. 그러나 무엇인가 나를 붙잡고 있다는 생각을 떨칠 수가 없었다. 그러던 가운데 교양 강좌 제안이 들어온 것이었다. 특수한 상황이니만큼 쉬운 일이 아니라는 판단이었다. 이런 생각, 저런 생각 끝에 나는 옥녀봉에 오르리라고 결심했다. 지심도니, 해금강이니, 학동이니 다 돌아다녔지만 그곳만은 내게 미답(未踏)의 지역이었다. 그곳에서 가장 높다는 봉우리에 올라 바다의 수평선을 보아야 할 것 같았다. 언제부터인가 수평선을 보며 《아라비안나이트》에 나오는 신드바드의 항해를 상상하곤 했었다. 그러면 미지의 세계가 나타날 듯했다. 그렇듯 나는 미지의 세계를 보려 했던 것일까. 교양 강좌에서 하고 싶은 이야기이기도 했다. 교양 강좌에서 《아라비안나이트》는 좀 어떨까, 하면서도 나는 신드바드를 쉽게 떨쳐버릴 수 없었다.

안개가 낀 데다가 하늘은 또 무섭게 가라앉아 무섭기 짝이 없었다. 산에 오르는 것 같은 일이 무척 서툰 내게 그것은 어려운 일이었다. 벌써 나는 초등학교 뒤쪽 계곡에서 지금 몇 미터쯤 올라왔을까, 짚어보고 있었다. 옥녀봉의 높이를 554.7미터라고 했던가. 아득했다. 땀이 비 오듯 흘렀다.

내려가자.

나는 그만 포기하고 말았다. 나는 서서히 발길을 아래로 옮겨놓았다. 이야기는 지금으로부터 시작된다. 초등학교를 지나서 더 아래쪽으로 내려오면 오른쪽으로 옹달샘이 있었다. 숲속에 가려져 있어서 아스팔트 길을 지나다니는 경우에는 눈에 띄기가 힘들었다. 나는 이 옹달샘을 찾아 목을 축이고 또 세수를 했다.

그런데 날씨가 갑자기 어두워지더니 회오리바람이 불었다.

이규보의 말이 떠올랐다. 거기에다가 회오리바람 끝에 비가 뿌리기 시작했다. 큰일이었다. 비를 피할 만한 곳도 없었다. 나는 급히 옹달샘을 떠나 뛰다시피 걸었다. 바라보니 비는 아래쪽에서부터 회오리바람을 타고 맹렬히 위쪽으로 올라오고 있었다. 도저히 그 비를 뚫고 갈 엄두가 나지 않았다. 나는 밭을 가로질러 어느 집 처마 밑에 가 섰다. 하지만 될 일이 아니었다. 회오리바람이 어느 결에 몰려오면서 비가 온몸을 후려쳤다. 하늘은 시커멓게 내려앉아 곧 그칠 비도 아니었다.

암담한 마음으로 이리저리 살폈지만 그곳은 가게 하나 없는 곳, 어디 비를 피할 마땅한 장소가 없었다. 그러자 뒤쪽에 낡은 초가집 한 채가 눈에 띄었다. 더군다나 그곳은 처마가 길게 뻗쳐 있었다. 나는 그곳으로 달려갔다.

초가집은 이엉을 언제 얹었는지 지붕이 다 썩어가고 있었고, 다른 집들과는 달리 뒤로 돌아앉아 있었다. 처마 밑에 한동안 있던 나는 약간의 호기심도 발동해서 집 앞뜰로 돌아가보았다. 아무도 눈에 띄지 않았고, 뜰에는 잡풀만 무성했다. 빈집이었다. 좁은 마루는 흙먼지로 뒤덮여 있었다. 부엌인 듯싶은 곳을 흘깃 들여다보았으나 벌써 오래전에 사람은 떠나고 만 모양이었다.

어둠과 괴괴함만이 그 공간을 떠돌고 있었다. 그래도 회오리바람을 동반한 비를 피하기에는 안성맞춤이었으므로 나는 담배 한 대를 피워 물고 마루로 올라섰다. 순식간에 비바람이 거세어져서 얼마쯤 내다보이는 하늘은 검푸를 정도였다. 그러고 보니 빈 초가집은 흉흉하다 못해 귀신이라도 나올 만큼 기괴했다.

옥녀봉 아래 빈 초가집.

내가 겁이 많은 탓일까. 음산한 비바람이 몰아치면서 온몸이 오싹해졌다.

그때였다. 초가집의 옆방 문이 열리고 하얀 옷을 입은 여자가 모습을 드러냈다. 나는 꼿꼿하게 굳어진 채 서 있었다. 귀신! 피가 싸늘하게 식고 정신이 혼몽해졌다. 여자는 까만 눈썹에 하얀 얼굴, 붉은 입술을 하고 한 걸음을 내디뎠다.

"누, 누, 누구세요?"

내가 소리쳤는가 했는데, 그것은 여자에게서 들려오는 소리였다. 안개가 나를 섬에 맞아들이는 의식이라고 받아들이기까지는 꽤 시간이 걸린 일이었다.

신드바드는 오만 사람, 아라비아 반도 남쪽 지금의 오만 왕국 사람.

나는 수평선을 바라보면서 별 뜻도 없는 구절을 머릿속에 떠올리곤 했다. 시(詩)라고도 할 수 없고 주문(呪文)이라고도 할 수 없는 정체불명의 구절이었다. 그렇다고 해서 내가 신드바드라는, 옛날 아라비아의 전설적인 뱃사람에 대해 소상하게 알고 있는 것도 아니었다. 아라비아 반도 남쪽에 자리 잡고 있는 오만이라는, 조금은 오만할 듯도 싶은 나라에 대해서도 마찬가지였다. 아랍어가 어떤 언어인지 알아본답시고 서울 운니동의 아랍회관을 들락거리며 무료 강좌를 수강하는 도중에 오만이라는 나라를 처음 알았던 것이다.

신드바드는 오만 사람, 아라비아반도 남쪽 지금의 오만 왕국 사람.

머릿속에 떠오른 구절을 나는 아무 의미 없이 이번에는 입밖에까지 내어 작게 읊조렸다. 그러자 그 구절이 시도 되고 주문도 되는 것처럼 여겨졌다. 의미 없는 것도 아름답다 하고 나는 문득 생각했다. 그러나 곧이어 신드바드라는 뱃사람이 오만 사람이었다는 사실은 얼마 전 텔레비전에서 얼핏 보고 안 사실이라는 데 생각이 미쳐서 그만 혼자서 피식 웃을 수밖에 없었다.

그때 한 여자가 옆에 와 서서 말을 붙였다. 나는 어처구니없는 신드바드의 상념을 이어 말을 붙여온 그녀를 그윽이 바라보았다. 그윽이. 나는 그렇게 말할 수 있었다. 수평선을 바라보던 눈인 때문이었다.

나는 그녀의 눈길을 깊이 의식했다. 불과 몇 걸음 다가오는 거리가 멀다고 생각하고 있었다. 청바지에 흰 블라우스를 입은 그녀는 언제부터인지 나를 응시하고 있었던 듯싶었다.

"교양 강좌를 해주신다는 말 듣고 고마웠어요."

말을 마친 그녀는 바다 쪽으로 얼굴을 돌렸다.

"그렇군요. 저는 수평선을 보고 있었죠."

"교양 강좌와 관계가 있나요?"

그녀는 나를 똑바로 뚫어져라 쳐다보며 물음을 던졌다. 말했다시피 나는 그러고 싶었다. 그러나 수평선, 《아라비안나이트》, 신드바드……는 머릿속에 뒤엉켜 있을 뿐 도무지 오리무중일 뿐이었다. 벼랑 아래로 파도의 포말이 뽀얗게 부서져 흩어지고 있었다. 그리고 멀리 하얗고 거대한 배가 수평선을 향해 나아가고 있었다.

"수평선이란 말입니다. 실제로는 존재하지 않는 것입니다.

가도 가도 도달할 수 없기 때문입니다. 그러다가 지치고 미칠 때쯤 되면 육지가 그걸 없애주죠."

나는 갑자기 의젓한 목소리로 말했다. 그 누구라도 수평선에 대해 이러쿵저러쿵 잘난 체를 할 수 있는 사람이 어디 있으랴. 만약 우리가 수평선에 도달할 수 있다면 거기서부터 폭포 아래로 떨어져버리고 말 거라고 나는 덧붙였다. 지구의 끝이지요.

나는 친구의 안내로 조선소 연수원을 돌아보며 받아온 홍보물을 들춰보았다. 거기에는 다음과 같은 글이 적혀 있었다.

김씨가 하는 일은 용접

두 조각의 쇠를 하나로 붙이는 일

선진 조선국과의 격차를 좁혀가는 일

어려운 현실 속의 우리들 마음을 합치려는 정성

용접사 김씨의 이마에 땀이 맺히면

외딸 슬기는 학교에서 초롱한 눈망울을 빛내고

아내는 행복한 가정을 꾸려가기에 힘씁니다.

파란 용접 불꽃이 일어나면 마음도 뜨거워집니다.

용접기를 든 김씨의 팔뚝에 절로 힘이 솟아납니다.

그것은 마스크를 쓰고 용접 불꽃을 튀기며 일하고 있는 한 사내의 사진 밑에 커다랗게 붙어 있었다. 방호복을 입고 손에는 장갑까지 끼고 있었으므로, 철저하게 모습이 감추어진 그가 과연 '김씨'인지는 확인할 길이 없었다. 그가 신드바드와는 어떻게 연결되는지도 까마득했다. 하기야 용접이든 절단이든 설계된 그대로 따라 하면 되는 일에 특별한 성씨가 필요할 까닭은 없었다. 김씨라고 해도 그만일 것이며 길씨 혹은 기씨라고 해도 그만일 것이다. 그 누구라 해도 삼만 명에 가까운 사람들이 모여 한 척 한 척의 배를 만들어내는 조선소의 일원인 것으로 그만이었다.

그러나 나는 그 사진을 보는 순간 알 수 없이 가슴이 뭉클해졌다. 아니, 사실을 그 사진이라기보다 그 사진 속의 인물이 쓰고 있는 마스크 때문이었다고 하는 게 정확한 표현이다. 철가면(鐵假面), 나는 그런 영화를 연상했고, 옛날 외국의 기사(騎士)들이 갑옷의 무게 때문에 고생했다는 사실을 어디에선가 읽은 기억이 되살아났다. 나는 물론 용접의 기능으로 조선소에 들어온 것은 아니었다. 하지만 우연히, 그쪽 용어로 '야드

(yard)'에 들어서기만 하면 신드바드가 떠오르는 것이었다.

우리들의 선입관이나 관찰력이 얼마나 보잘것없는 것인지, 나는 그것을 가벼운 새끼줄처럼 여겼던 호스가 그토록 무거운 것인지 겪으면서도 먼 항해를 떠올리곤 했다. 호스가 무거우면 얼마나 무거워, 하는 마음으로 번쩍 들었다가 무엇인가 가득 차 있는 통일 때 받는 부담처럼 나는 허리가 휘청했다. 그것은 통 정도가 아니었다. 그것은 내가 겪은 중에 가장 무겁게 저항하면서 내 선입관과 관찰력을 비웃었다. 나는 저절로 아이쿠 소리가 나왔다.

나는 휘뚝 휜 허리를 간신히 일으키고 천천히, 조심스럽게 그것을 끌어당겨 한옆으로 치울 수 있었다. 그나마 아무도 눈여겨보지 않는 것이 다행이었다. 나는 안전관리부 사람들은 뭐 하길래 이런 걸 방치해두나 어쩌고 공연히 투덜거리면서 그 자리를 떠났던 것이다.

용접은 기능도 기능이지만 우선 그 용접기들의 무게에 기가 질릴 수밖에 없는 노릇이었다. 그러나 이런 고충이 어디 용접뿐이겠는가. 가령 샌딩은 어떤가. 샌딩이란 녹슨 쇳덩어리들의 녹을 모래를 뿜어 벗겨내는 작업으로, 좀 과장해서 말하면 저 황진만장(荒塵萬丈)으로 치솟는 모래 먼지와 쇳가루 먼지 속에서는 단 일 분도 견디기 힘들게 보였다.

녹을 제거하는 일도 나중에 '베이비' 같은 기구를 돌려가며 매끈매끈하게 다듬는 일이야 양반이었다. 하지만 용접이나 샌딩이나 어려움만을 이야기한다는 것은 조선공업에서는 섣부른 짓이다. 어느 것 하나 쉬운 일이라고는 없는 것이다.

가령 탱크 속에 들어가 칠을 해보라. 배란 본래 많은 탱크들로 이루어졌다고 해도 지나친 말이 아니다. 그 많은 탱크들은 하나같이 '아구리'가 좁게 되어 있다. 그 좁은 '아구리'로 들어가 칠을 하는 아주머니들은 무시로 뛰쳐나와 밤들이 보건 말건 아무 데서나 너부러진다.

배의 도장(塗裝) 일이 얼마나 까다로운지에 대해서는 도장부 사람들만이 알 것이다. 그들은 비록 철선이라도 쇠로 되어 있다는 사실을 부인할 지경에 있다. 배는 페인트로 되어 있지, 아무렴, 하고. 실제 배를 완성하면 마지막으로 칠을 하는데 한 번 칠하는 게 아니라 세 번 이상 칠해야 한다. 그렇게 정성들여 칠하지 않으면 물의 저항이 심해 배는 제대로 나아갈 수 없는 것이다. 자, 그러므로 어느 부서의 일이 더 어렵다거나 필요하다거나 하는 말은 하지 않도록 하자.

나는 종종 방문하는 견학자들과 강의실 뒷자리에 가서 앉기도 했다.

"배는 부양성, 적재성, 이동성의 세 가지 특성을 가지며 사람 또는 물건을 적재하고 물에서 선행(船行) 하는 구조물이라고 정의됩니다."

강사의 강의는 배를 늘 같은 내용을 되풀이했다.

"배라는 뜻의 한자어는 무려 이백사십 자가 넘는데 일반적인 배는 주(舟), 선(船), 항(航), 큰 배는 박(舶), 반(般) 작은 배는 정(艇), 료(舠), 조(艚), 특수한 배는 함(艦), 루(艛) 등입니다. 우리나라에서는 현재 선(船), 선박(船舶) 등이 보편적으로 쓰이고 있으며 주정(舟艇)은 작고 빠른 배, 함선(艦船)과 함정(艦艇)은 작고 큰 모든 군용선의 뜻으로 사용되고 있습니다."

강사는 칠판에 한자를 열심히 적어가며 배의 기초 상식부터 설명해나가고 있었다. 나는 그 배 종류들을 주·선·항·박·반·정·료·조…… 하고 마치 예전에 조선 시대 임금들을 외듯이 외어보기도 했다.

"영어로도 다양합니다. 베셀(vessel)은 모든 배를, 쉽(ship)은 큰 배를, 보트(boat)는 작은 배를, 크래프트(craft)는 특수한 기교가 가해진 배입니다. 그러면 배는 처음에 어떻게 해서 만들어졌을까요?"

나는 강사의 얼굴을 쳐다보며 칠판의 한자들을 노트에 적었다. 주(舟) 자를 옆에 붙인 글자가 그렇게 다양한 것도 처음 아는 사실이었다.

배의 기원에 대한 확실한 연대는 알 수 없으나 인류의 역사가 시작된 먼 옛날 나무토막 등이 물에 뜨는 것을 본 고대인들이 그것에 매달려 강을 건너가는 데 성공하였으며 이런 지혜로부터 배가 만들어졌을 것으로 추측된다. 기원전 사천 년경의 뗏목배 그림이 이집트와 메소포타미아에서 발견되는 것을 보면 인류는 선사시대부터 배를 이용했음을 알 수 있다. 그때 뗏목을 이용하여 홍해와 나일 강 사이를 내왕했다는 설도 있다. 뗏목배는 오늘날에도 세계 각지에 넓게 분포되어 있는데 우리나라 제주도의 티우도 그 일종이라 하겠다. 노르웨이의 인류학자이며 해양탐험가인 하이에르달 박사 등은 이집트 등지의 고대 민족이 뗏목으로 태평양과 대서양을 건너 중남미에 도달, 잉카 문명과 아즈텍 문명을 일으켰다는 학설을 주장했고, 몸소 뗏목을 타고 태평양, 대서양을 횡단함으로써 가능성을 증명하기도 했다……

강의실 안은 조용했고 강사가 가끔 칠판에 '제주도의 티우' 같은 글을 판서할 때만 조금씩 이동하는 기색이 엿보였다. 일종의 극기 훈련 같기도 했다.

배의 구실을 할 수 있는 형태로는 나무토막, 줄대, 대나무 같은 것을 묶어서 만든 뗏목, 통나무 속을 파내서 만든 통나무배, 수피나 목피를 이용한 가죽배 등을 생각할 수 있다⋯⋯ 에스키모인들이 지금도 사용하는 카약은 원시 형태의 배라고 할 수 있다⋯⋯ 캐나다의 브리티시컬럼비아 지방에서는 나무의 껍질을 입힌 카누를 사용했다⋯⋯ 또 동남아 여러 나라에서는 참대로 엮어서 만든 뗏목배가 사업에 이용되고 있다⋯⋯ 오늘날 해수욕장이나 풀장 같은 데서 널리 사용되는 고무튜브처럼 인류는 일찍이 수렵생활에서 얻은 동물의 가죽을 벗겨 그 안에 공기를 불어넣어 뜨게 해서 배로 이용했다⋯⋯ 스칸디나비아에서는 가죽으로 배를 만들어 어업을 했다⋯⋯

강사의 선박의 역사 강의는 지루하게 계속되고 있었다. 매우 고상한 내용이었다. 그런 시간에도 신드바드가 어디에선가 미지의 땅을 향해 바다를 헤쳐가고 있었다.

그녀와 헤어져 배의 방으로 돌아온 나는 오랫동안 누워 마음과 몸을 달랬다. 그리고 느닷없이 한 권의 시집을 펼쳤다.

파블로 네루다의 《질문의 책》이었다. 서울에서 올 때 가지고 온 몇 권의 책 가운데 한 권이었다. 안개와 수평선과 시집이 주는, 도무지 어울리지 않는 조합으로 나를 달래려 한 것일까.

베드로를 찾다

철이 들면서 내 인생에서 가장 미심쩍어하던 부분은 무엇이었던가. 그것은 두말할 것 없이 생부(生父)의 문제였다. 내 삶의 처음 사 년간을 감쪽같이 은폐한 채 나이를 먹어가던 내가 줄곧 이상한 낌새를 느끼다가 사실의 전모를 조금씩 조금씩 파악해갔을 때, 그렇다면 나를 낳아준 아버지는? 하고 궁금증을 가졌었다. 당연한 귀결이었다. 내가 '잃어버린 시간을 찾아서' 그녀와 함께 고향의 성당을 찾아간 것도 결과적으로는 아버지에 대해서 무엇인가 확실한 것을 캐고 싶은 욕망의 한 발로였다.

그야말로 '잃어버린 시간을 찾아서'였다. 그리고 그것은 우리들의 첫 여행이기도 했다. 그 여행은 우리들의 첫 여행이었고 겸해서 '잃어버린 시간'을 찾아가는 여행이기도 했다. 고향이라고는 해도 떠나온 지 이십 년 만에 찾아가는 고향이었다. 그 귀향이 첫 여행이라는 데에 그녀도 만족을 표명하고 있었다. 이제는 아는 사람이 아무도 없는 고향에 찾아가는 심정은 야릇한 데가 있다. 더군다나 지난 이십 년 동안 의부를 따라 고향을 떠나 낯선 여러 도시를 떠돌며 살아온 몸이었다. 긴장과 안도, 기대와 불안이 교차되면서 찾아드는 가벼운 흥분.

"아는 사람도 하나도 없다고 했지요?"

"없지."

나는 무겁게 고개를 끄덕였다.

"기억나는 것도 없어요?"

"글쎄……"

그 문제라는 '글쎄'는 아니었다. 면밀히 따져본 결과 나는 예닐곱 살 때까지 그곳에 살고 있었다. 그리고 떠났다. 그런 만큼 떠오르는 것이 없을 까닭이 없었다. 다섯 살, 여섯 살, 일곱 살의 나이는 나중에 꽤 많은 단편적인 장면들을 연상시켜 줄 수 있는 나이인 것이다. 정확하게, 어떻게 연결되는지는 몰라도 나도 꽤 많은 단편적인 장면들을 기억하고 있었다.

"기억을 더듬어봐요. 몇 살 때 떠나왔다고 했죠?"

"여덟 살."

"그 나이면 웬만큼 알 텐데."

"글쎄……"

"답답해. 언제나 글쎄, 글쎄. 그런 고향엔 뭐하러 가요?"

"글쎄……"

사람들이 구름같이 몰려들었는데 여자들이 울긋불긋한 치마폭을 펄럭이며 그네를 탔다. 모래판에서는 웃통을 벗은 남자들이 씨름을 했다. 무슨 날이었을까. 그 기억은 그날은 여자들과 씨름하는 남자들, 그리고 한 알의 박하사탕과 함께 '창포물로 머리를 감는다'는 어머니의 말이 곁들어 있었다. 그래서 그 오랜 기억의 배경을 단옷날(端午)에 가져다 놓을 수 있었었다. 예전에 여인네들이 창포물로 머리를 감는 것은 단오의 풍속이었다. 내가 한때 강릉 단오제에 큰 관심을 가진 것은, 고향의 민속도 고향의 민속이었지만, 예전의 그 몇 장면 기억의 선명한 때문이었다.

내가 기회만 있으면 강릉 단오제를 입에 올리고 관심을 나타내는 것은 결코 기억에 의지한 것은 아니었다. 나는 해마다 단오가 가까워오면 강릉의 '단오제 행사 위원회'에서 '당신을 강릉의 단오제에 초대합니다' 하고 〈강원일보〉 같은 데 광고를

내고 관광객을 유치한다는 사실도 알고 있었다. 그리고 강릉 단오제의 중요한 연희(演戲)라는 관노가면희(官奴假面戲)를 본 것은 서울의 민속예술제 행사 때였다. 개울가에 휘장들이 나부끼고 횃불들이 수없이 우줄거리며 밝혀진 그날 밤, 날라리 소리가 가슴속을 헤집으며 하늘 높이 날라리날라리 울려 퍼지는데, 어찌된 일인지 혼자 집으로 돌아오게 되었을 때, 어두컴컴한 길모퉁이에서 이웃집 누나가 웬 사내와 서로 부둥켜안고 입을 맞추고 있던 그 광경. 그 뒤 그 누나는 범일국사를 낳은 처녀처럼 '애비' 없는 아이를 가졌다고, 그놈이 누군지 대라고 그 아버지로부터 머리채를 끌리며 징징 울곤 했지. 아이고, 몰라요. 난 몰라. 아버이요, 다시는 안 그럴게요. 이번 한 번만 용서…… 그 소리는 우리 집까지 들렸었지. 그리고 어머니 말로는, 그 누나는 어디론가 가버렸는데, 나중에 전쟁통에 폭격으로 그 아버지도 죽고 옆에서 안절부절못하던 그 어머니도 죽고, 속초에서 '양색시'가 됐다고 했지. 그 누나가 어느 날 강릉까지, 그렇지 코티분을 가지고 와서 어머니도 감자를 다섯 가마니나 판 돈을 거의 다 주고 한 통 사서 장롱 속에 깊숙이 감추었었지. 단옷날의 기억으로 수수께끼가 풀린 그 일들은 이상하게 술술 엮어져 나왔다. 내 양쪽 귀를 잡고 '뽀뽀'도 자주 하고 또 내 '고추'를 뜯어 먹는 시늉도 하던 그 여자의 모습이 어른어른 떠올랐다.

버스가 대관령 휴게소에 닿고 잠시 뒤 마루턱에 올라서자 앞이 갑자기 확 틔면서 멀리 바다 밑의 청니(靑泥)가 그대로 드러난 듯 인디고빛 바다가 모습을 나타냈다. 그즈음해서 안내 방송이 '이제 아흔아홉 굽이'임을 설명하고 있었다. 대관령의 고갯길 굽이가 정확하게 아흔아홉 굽이인지 어떤지는 알길이 없어도 오래전부터 그렇게 들었었다. 어른들은 아득한 고개를 올려다보며 '저 아흔아홉 굽이……' 하고 막막한 표정을 짓고는 했다. 대관령으로 가로막힌 읍은 고도(孤島)와 같았다. 그래서 신사임당(申師任堂)이 대관령을 넘으며 '고향에 늙으신 어머님을 두고……' 시를 읊은 심정이 상당히 절실한 감정으로 내게 전달되는지도 모른다. 촉(蜀)의 잔도(棧道)가 험하다지만, 옛 강릉 사람들에게는 대관령이 그에 못지않은 길이었을 거라고, 나는 어디선가 본 '촉의 잔도'를 걸맞지도 않게 인용해보고 있었다. 이윽고 버스는 시가지로 진입하고 있었다.

성당을 찾아 나선 것은 다음 날이었다.

여기 들어가 살펴보아야겠군.

나는 중심가의 한 성당 앞에 걸음을 멈추었다. 그때까지 나는 아무에게도 자세한 이야기는 하지 않고 있었다. 다만 옛날 기억을 더듬어보겠다고 말했을 뿐이었다. 모든 것이 불명확한 때문이기도 했지만, 혹시 내가 모르고 있던 내 어떤 과거가 불의에 드러날 때를 대비한 배려이기도 했다. 내 과거는 내가 먼저 밝혀서 알아야 하는 것이었다.

하늘 높이 뜬 해가 성당의 뜰을 비추고 있었다. 바로 큰길가에 위치한 성당인데도 그 안은 깊은 정적이 감돌았다. 실제로는 온갖 소음이 들려오고 있었지만 그렇게 느꼈을 것이다. 그런데 나는 왜 하필이면 햇빛을 말하고 있었을까.

이 햇빛은……

택시에서 내려 성당을 향하고 몇 걸음 걸었을 때, 나는 성당 안쪽으로 쏟아지고 있는 눈부신 햇빛에 갑자기 걸음을 멈추었었다. 청명한 가을 한낮에 이 누리 어디에 햇빛이 없을 리 없었다. 하지만 거기서 본 햇빛이 오랜 기억의 어두운 헛간 속으로 빗장을 삐걱 열고 비쳐 들어온다고 느낀 것은 왜였을까. 순간 나는 흠칫했었다. 그래서 남들이 들으면 전혀 납득할 수 없는 '햇빛……'을 중얼거리지 않을 수가 없었다. 남들이 납득할 수 없는 '햇빛……'만이 아니라 나 스스로도 납득할 수 없는 '햇빛……'이었다. 햇빛에 무슨 특징이 있단 말인가. 그러나 그 햇빛은, 그 장소에서 그렇게 보는 햇빛은 언젠가도 본 적이 있는 햇빛, 그 햇빛이었다. 이것은 아마도 예전 건물들이 조금도 변하지 않은 채 그대로 있으며, 거기서 오는 친화력의 힘 때문인지도 몰랐다. 그렇다고 하더라도 예전 건물들이 그대로인지 어떤지에 대해서는 기억이 흐려 알 길이 없었다. 나는 그 햇빛 속으로 빨려들어가듯 성당 안으로 들어갔다.

"계십니까? 계십니까?"

나는 사제관인 듯싶은 건물 앞에서 소리쳤다.

"누구 찾으십니까?"

뒤쪽에서 들리는 소리에 뒤돌아보니 어느 틈에 젊은 수녀가 다가와 있었다. 내가 가볍게 고개를 숙이자 수녀도 맞받아 고개를 숙여 보였다.

"누굴 찾으십니까?"

"아, 저, 신부님을 좀 뵐까 해서요."

젊은 수녀라기보다 앳된 수녀였다.

"무슨 일이신가요?"

수녀는 잔잔한 말투로 묻고 있었다.

"햇빛……"

나는 갑자기 할 말을 잃고 더듬거렸다.

"네?"

수녀에게 햇빛 따위의 영문 모를 소리를 해서는 안 되는 것이었다.

"아니, 혹 옛날에 제가 여기 다닌 게 아닌가 해서……"

말하고 보니 이 또한 모호하기 짝이 없는 말이었다.

"선생님께서 여기 다닌 게 아닌가……?"

수녀는 내 말을 되새기듯 의문부호를 떠올리고 나서 내 옆에 다소곳이 서 있는 그녀에게로 얼굴을 돌렸다. 그 눈은, 이 남자가 지금 무슨 말을 하고 있는가, 제정신은 있는 사람인가 하고 묻는 눈이었다. 그녀를 보호자쯤으로 알고 있는지도 몰랐다.

"하두 옛날 이야기가 돼서 그럽니다. 어릴 적에 여기 어디 살았었는데, 그때 이 성당에 다녔다는 기억이 있어요…… 햇빛이…… 어쨌든 그걸 어떻게 확인할 길이 없을까 하는 것입니다. 육이오 때쯤 아닌가 합니다만."

나는 안타깝게 설명했다.

"오래전 일이군요."

수녀가 눈을 깜박이며 고개를 갸우뚱했다.

"무슨 방법이 없겠습니까?"

그 성당에서 무슨 실마리라도 붙잡지 못한다면 잃어버린 시간이고 뭐고 모든 일이 어둠 속에 묻히리라는 조바심이 났다.

"기다려보세요. 신부님께 말씀드리겠어요."

"도와주십시오."

수녀가 집 뒤로 돌아가고 난 뒤 이곳저곳을 유심히 살펴보았다. 그러나 달리 기억에 남아 있는 구석이 없었다. 내가 전혀 잘못 짚고 있는지도 모른다는 생각이 들었다. 터무니없는 햇빛 따위에 의지하고 있는 내가 한심하기도 했다. 영세고, 베드로고 간에 모두가 나와는 아무런 관계가 없는 것인지도 몰랐다. 나는 몇 년을 두고 몇 번 계속해서 똑같은 꿈을 꾸고 있는데, 그것은 지프차 뒤에 앉아 어느 마을을 지나는 꿈이었다. 그 꿈을 꾸는 동안, 나는 이 마을에는 그전 언젠가도 왔던 낯익은 곳이다, 이게 혹시 꿈이더라도 꿈에서 깨어나서 여길 잊어먹어서는 안 된다 하고 생각하는 것이었다. 깨어나서도 나는 이 마을이 어느 마을일까 곰곰이 생각해보곤 했다. 그런데 앞에 앉은 사람은 의부였다. 그 마을은 이 세상 어디에 있는 마을일까. 내가 성당에 와 있는 것도 그런 것인지도 몰랐다. 꿈속의 일을 내가 착각하고 있는 것인지도 몰랐다. 곧, 수녀가 누군가와 함께 오고 있는 모습이 보였다.

"어떻게 오셨다구요?"

수녀와 함께 온 점퍼 차림의 남자가 내 앞에 와 서서 물었다.

"신부님이세요."

수녀가 옆에서 덧붙였다.

"아, 그러십니까?"

나는 고개를 숙였다. 높은 칼라의 신부복을 연상하고 있던 내게 그의 옷차림은 의외이기는 했다. 그러자 수녀는 '그럼' 하고 자신의 소임은 끝났다는 듯 말하고 물러났다. 나는 이제까지의 자초지종을 다시 더듬거리며 신부에게 설명하기 시작했다. 역시 난감한 일이었다.

"여기…… 지금…… 햇빛이…… 왠지 몹시 낯이 익습니다."

나는 겸연쩍은 웃음을 띠었다. 그렇게밖에 말할 수 없는 것이 스스로 안쓰러웠다. 신부는 내가 무슨 말을 하는지 알아듣기는 하겠다는 표정이었으나, 아무래도 어딘가 미심쩍은 느낌을 지워버릴 수가 없는지 나를 조심스럽게 살폈다. 정신이 좀 어떻게 된 사람은 아닐까 살피는지도 몰랐다. 얼마든지 그럴 것이었다. 우선 나부터가 미심쩍은 일이었다. 그러니 아무리 고해성사를 받고 뭇 인간의 죄를 하나님 대신 용서해주는 성직자라 할지라도 어찌할 수 없을 것이었다. 나는 자초지종을 말했다고 했지만, 실은 그것도 오리무중의 말에 지나지 않았다. 단지 내가 이 성당을 다녔는지 어떤지 알고 싶어서 왔다는 말뿐이었으니까 말이다.

"어찌됐든 그럼 따라와보십시오."

신부는 잠시 망설이는 듯하다가 앞장을 섰다.

"고맙습니다."

나는 그녀와 함께 신부를 뒤따라 사제관으로 들어갔다. 바깥의 햇빛에 대비되어 사제관의 복도는 어두웠고 나무를 깐 바닥은 삐걱거리며 박쥐의 울음소리 같은 소리를 냈다. 어릴 적에 박쥐를 잡으러 집 근처 여자고등학교의 교정으로 가곤 했었다. 어두워질 무렵 박쥐가 날아다니는 낮은 하늘로 모자를 집어던지면 박쥐가 모자 속으로 들어와 떨어진다는 말을 듣고서였다. 그런데 실제로 한 마리도 잡지 못했었다. 나중에 배운 사실로, 박쥐는 콧잔등에 있는 무슨 기관에서 음파를 발사하여 그 음파가 물체에 닿았다가 되돌아오는 것을 포착하여 어둠 속에서도 자유자재로 행동하여 먹이도 잡는다고 했다. 그러니까 박쥐의 끽끽거리는 울음소리는 음파의 일종일 것이었다.

"앉으세요."

복도 끝의 방에 우리를 안내해 들어간 신부가 소파의 자리를 권했다. 방 안에는 책 몇 권이 놓여 있는 책상이 한쪽을 차지하고 있었고 벽에 괘종시계가 걸려 있을 뿐 별다른 장식도 없었다.

한때 제주도의 수녀원으로 수녀가 되겠다고 찾아갔던 친척 여동생은 양주를 홀짝거리다가 종신서원을 앞두고 도망치듯 떠나왔다고 했다. '한평생 천주님께 귀의하겠습니다' 하고 종신서원을 하면 아예 문 밖으로 나올 수도 없는 수녀원이라고 했다. 예수가 '가나의 기적'으로 만든 것이 술인 만큼 수녀가 술을 마시는 건 어쩌면 당연한 일일 텐데, 그렇다면 수녀들은 담배도 피우는가, 알 수 없었다. 예수 당시에는 담배가 없었고 따라서 성경에는 담배가 안 나오니까 말이다. 수녀원에서 온 그 여동생은 한 달이 채 지나지 않아 다른 대상을 택해서 '한평생 당신께 귀의하겠습니다' 하고 서원을 했지만, 그 남자가 월남으로 가서 월남 여자와 살림을 차려 돌아오지 않는 통에 드디어는 다방이다 술집이다 전전하는 신세가 되었다.

신부가 담배를 한 개비 꺼내 물고 불을 붙여 연기를 깊게 들이마시자, 그가 무엇인가 예사롭지 않은 상념에 사로잡힌다는 생각이 들었다.

"여기서 태어났다고 했으니 혹 아실지 모르지만, 영동 지방은 다른 지방과 좀 다르지요. 샤머니즘이라고 할까, 무속이라고 할까, 사람들이 아직도 그런 데 많이 의지해요."

예전 살던 동네에도 무당이 한 사람 있었다는 기억은 어렴풋이 남아 있었다. 그리고 나중에 우연히 무속 사진전에 가서 보고 들은 것들, 울긋불긋한 쾌자를 걸친 무당은 왼손에 방울, 오른손에 부채를 들고 장고, 징, 꽹과리, 제팔이가 울리는 가운데 칠성님 무신도(巫神圖) 앞에서 춤을 추었다. 그리고 정말 이런 걸 신들렸다고 하는구나 하는 엄숙하고 황홀한 얼굴로 신(神)칼을 휘둘렀다.

오구받은 영혼들의 양금침(兩衾枕) 꽃밭에 시왕세계(十王世界)로 인도한 성……

넋이야 넋이로다 넋이로구나……

얼쑤.

"그렇군요. 왜 하필이면 영동 지방이 다른 지방보다……?"

"자세히 알 순 없지요. 다만 산이 깊고 아울러 바다를 끼고 있어서…… 용신제(龍神祭)니 해신제(海神祭)니 하는 것도 다 굿 아닙니까."

"그러고 보니 강릉 단오제도 그렇다고 볼 수 있겠군요?"

"강릉 단오굿을 아시는군요?"

"얼마 전에 관노가면희라는 걸 봤습니다."

나는 그 장면들을 연상하면서 그녀를 돌아보았다. 우리는 함께 그것을 보았던 것이다. 그것이 강릉 단오제의 가장 중요한 연회 종목인 탈놀이라고는 해도 옛날 관노(官奴)들에 의해 구한말까지 놀아지다가 그 뒤로 전승이 끊어지고 탈들도 없어진 것을 새로 발굴하고 고증하여 놀고 있는 것이라 했다.

"그 부분은 씨름이나 그네뛰기같이 강릉 단오굿의 놀이 부분에 해당하죠."

신부는 말투로 보아 강릉 단오제의 행사를 굿의 측면에서 주로 강조하려고 하고 있었다. 그러나 그것은 내가 해석하기에는 전체를 뭉뚱그려 어디까지나 축제였다. 물론 다른 모든 축제들이 그렇듯이 축제라는 것의 성격에는 종교적 성격이 있는 것이었다. 그렇다고 해서 또한 거기서 오락적 성격과 사회비판적 성격을 얕잡아 볼 수는 없었다. 하기야 그런 측면에서 본다면 관노가면희는 본디 연희자들이 관노들이었기 때문이어서 대담하게 양반을 풍자하고 조롱하는 내용은 없이 오락적 기능만 강조되어 있다는 것은 그 한계성으로 지적되어야 마땅했다. 그러나 우리나라에서 탈을 쓰고 하는 놀이 가운데 유일

한 무언극이라는 사실은 단점이든 장점이든 중요한 특징으로 주목되어야 한다고 나는 받아들여졌다.

우리들의 대화는 일단 거기서 막혔다. 사실 신부로서는 한낮에 불현듯 찾아온 사람이 밑도 끝도 없이 강릉 단오제라는 민속에 대해 꺼내는 걸 정상적으로 받아들일 리 없을 것이었다. 그러나 나로 말하면 강릉이라면 마냥 단오제를 꺼내놓곤 했다. 나는 신부 앞이어서 어떨는지요 하는 투로 담배를 꺼냈다.

"그런데 자세한 기억이 나지 않는단 말씀이죠?"

"쉽게 말하면 그렇습니다. 이 성당에서 영세를 받았는지 어떤지를 알고 싶은 겁니다. 생년월일과 옛날 읍사무소 앞에서 살았다는 사실과······"

나는 매달리다시피 말했다.

"단서가 그것뿐이라면······ 생년월일과 읍사무소 앞······"

"예. 그것뿐입니다. 모든 게 명확하지 않습니다. 말씀드렸듯이 이름도 다르고."

읍사무소 앞에 있던 우리 집은 그때의 주소를 알려줄 것이었다. 나는 고향에 대한 마지막 단편적인 기억으로 남아 있는 이층집을 떠올렸다. 큰길을 사이로 하고 우리 집과 마주 보고 있었던 그 이층집에 대한 기억도 그러나 매우 불분명했다. 아이들은 그 집에 쟁여 있던 부대로 몰래 살금살금 다가가 솔기한 귀퉁이를 틀고 콩을 한 줌씩 빼내다가 볶아 먹곤 했었다. '코쟁이들 콩, 맛좋다.' 누군가가 그렇게 말하며 앞장섰었다. 그리고 육이오의 어느 때 군대가 주둔해왔고, 거기에 한 젊은 육군 중위가 있었는데, 이 사람이 마침내 내 의부가 되는 것이었다. 하지만 지금 나는, 함경도에서 태어나 서울에서 학교에 다니고 육이오가 발발하자 징집되어 온 이 안경 낀 육군 중위를 만나기 전에 내 삶의 '잃어버린 시간'을 더듬어보고 있었으므로, 이 이야기의 전말에 대해서는 뒤로 미룰 수밖에 없겠다.

"성당에는 영세 받은 분들의 교적이 있기 마련이고 그건 영구 보존되는 것입니다. 그렇지만 우리 실정이 어디 그렇니까. 전쟁이다 뭐다 해서 많이들 없어졌죠. 우리 성당 것 중에 천우신조랄까 베드로의 명부가 남아 있습니다."

"아."

나는 거듭 짧은 탄성만 질렀다. 빛이 보이는 것 같았다.

"하지만 실은 교적은 외부인에게는 보여줄 수 없는 것입니다."

그러나 신부는 문득 말투를 바꾸었다. 우리는 서로 마주 바라보았다.

"네?"

"그렇게 되어 있습니다."

신부의 눈에 띠어졌던 광채는 어디론가 사그라졌다. 신부는 마음의 문을 닫는지도 모른다. 아니면 그것이 과연 교황의 칙령 같은 것으로서 금법이 되는지도 모른다, 생각하니 답답했다. 그런데 왜 신부는 처음에 알아보자고 솔선해서 말했는지 모를 일이었다.

"어떻게 안 되겠습니까?"

나는 말하면서, 오랜 세월 동안 신의 권위만 앞세워 많은 사상가들을 종교재판이라는 이름으로 탄압했던 가톨릭의 역사를 얼핏 머리에 떠올렸다. '진리가 너희를 자유케 하리라'고 연세대학교의 강당 벽에 박혀 있는, 주물(鑄物) 글자의 성경 구절이 생각났다. '진리가 너희를 자유케 하리라.' 그런데 중세기의 오랜 세월 동안 그렇지를 못했던 것이다. 갈릴레이가 자신의 이론을 철회하고 겨우 목숨만은 건진 뒤 혼자서 '그래도 지구는 돈다'고 중얼거렸다는 일화는 여전히 대학 철학 과목의 '이성(理性)의 시대'에 곁들여지겠지만, 흔히 초등학생들도 알고 있는 일화에 지나지 않는다. 진리는 그렇게 은폐되었다. 그러므로 자유도 당연히 억눌려졌다.

"교적은 아무에게나 보여주지 않는 것입니다."

신부는 말을 마치고 의미심장하게 나를 쳐다보았다. 나는 그제야 신부가 무슨 말을 하고 있는지 알 수 있었다. 그는 쓸데 없는 권위 따위 때문에 교적을 움켜쥐고 있는 것이 아니었다.

"음."

나는 짧게 신음을 내뱉었다. 신부의 말을 충분히 알아듣겠 다는 뜻과, 내가 적어도 교회에 어떤 해악을 끼칠 인물은 아니 라는 뜻을 함께 알리는 신호였다. 잠시나마 신부를 오해한 것 이 부끄러웠다.

"알겠습니다."

이제는 하는 수 없는 일이었다. 비록 확인할 수는 없었다 할 지라도, 그렇다, 이제 다시는 '잃어버린 시간을 찾아서' 어쩌 고 하면서 그리 시답지도 않은 과거에 연연할 필요는 없는 것 이었다. 용건은 끝났어. 일어나야 해. 내가 마악 말을 꺼내려고 한 때였다.

"잠깐 앉아 있어보세요."

신부가 말하며 소파에서 일어났다. 신부는 더 이상 아무 말 도 없이 어느 틈에 방문을 열고 나갔다. 그녀와 나는 마주 쳐 다보고 나서 멍하니 앉아 있을 수밖에 없었다. 이 분쯤 아니면 삼 분쯤 지났을 때, 괘종시계가 열한 시를 쳤다. 괘종시계가 멎자 방문이 열리고 신부가 들어왔다. 다시 소파에 앉는 신부의 손에는 금전출납부 같은 두툼한 책이 들려 있었다. 신부가 그 책을 탁자 위에 올려놓았다.

"보여줄 수 없는 것이지만……"

희끗희끗 바랜 검은색 표지의 책이었다. 그리고 금박으로 찍힌 영문 글자가 눈에 들어왔다.

PETRUS.

그것은 영세를 받아 베드로의 이름을 얻은 사람들의 명부였다. 나는 숨을 죽였다. 과연 내가 저 속에 등재되어 있는 것일까.

"한번 살펴봅시다. 생년월일이 언제라고 했지요?"

신부가 명부를 들췄다. 나는 또박또박 불러주었다. 그에 따라 신부는 손가락으로 짚어가며 살피기 시작했다. 내가 전혀 근거 없는 생각에 얽어 매여 나를 여기까지 이끌어온 것일 게야. 공연한 짓거리를 한 거야. 나는 긴장했다. 몇 장을 넘겨가던 신부의 손가락이 한 곳에 멈추었다.

"어머니의 본명이 세실리아였습니까?"

신부의 음성이 약간은 떨린다고 느껴졌다. 나는 고개를 갸우뚱했다. 세실리아? 그러자 다음 순간, 여태껏 한 번도 의식의 표면에 떠오르지 않던 그 이름이 매우 *끈끈하게* 밀착되어 왔다. 맞다. 그것은 내가 알고 있었던 이름임에 틀림없다.

"네, 맞습니다."

나는 분명하게 대답했다. 그것은 내가 익혔던 이름임에 틀림없다. 그때까지 다른 데서는 세실리아라는 이름을 접한 적이 없었다. 그런데도 나는 그 이름을 알고 있는 것이었다.

세실리아.

로마의 어느 날, 어둠 속에 누워 있는 그녀를 보고 나는 깊은 감회에 사로잡혔었다. 그녀는 카타콤의 어느 구석에 흰 대리석으로 조각되어 옆으로 누워 있었다. "목을 보십시오." 안내자의 말에 따라 본 목에는 수술한 자국 같은 흠집이 빙 둘러나 있었다. "목이 잘린 흔적입니다." 그러니까 조각가가 그녀의 목을 봉합해놓은 것이었다. 그녀의 모습은 젊고 아름다웠다. 땅속에 수십 리나 층층이 파 들어간 지하묘지 카타콤에 세실리아 그녀는 많은 해골들과 함께 마치 살아 있는 듯이 잠들어 있었다. "이곳에서 길을 잃으면 영원히 헤어 나오지 못합니다." 기독교인들이 베론 같은 피신처로 삼은 그런 미로를 많은 교인들과 함께 지나다녔으리라.

"그럼, 확실하군요. 여기 있습니다."

신부는 '있습니다'라는 말에 유난히 힘을 주었다.

"아."

나는 다시금 짤막한 탄성밖에 지를 수가 없었다.

"271번째 베드로. 1950년 5월 25일이 영세일입니다."

"있다고요?"

"있습니다. 보십시오."

"아, 네. 고맙습니다."

나는 나도 모르게 절까지 꾸벅 했다. 눈물이 핑 돌았다. 이제야 내 삶의 실체를 확연히 알게 된 것 같았다. 나는 신부로부터 명부를 받아 자세히 들여다보았다. 의심할 바 없었다. 나는 육이오가 일어나기 꼭 한 달 전에 영세를 받고 있었다. 그곳 성당의 271번 베드로.

그날 밤 나는 실제로 베드로가 되어 관노가면회를 관람하고 있는 꿈을 꾸었다. 아니, 그러다가 어느 순간에는 직접 탈을 쓰고 탈놀이의 연희자로 둔갑을 하기도 했다. 그리고 잘 부르지도 못하는 노래를 부르기도 했다.

두둥실 두리둥실 배 떠나간다.

물 맑은 봄 바다에 배 떠나간다.

이 배는 달 맞으러 강릉 가는 배

어기야 디여라차 노를 저어라.

두 명의 장자마리가 나와 마주 춤을 추면서 주위를 빙빙 돌았다. 뾰족한 모자를 얼굴까지 내려 쓴 이들이 익살스런 행동을 하다가 들어가면 역시 뾰족한 모자에 푸른 도포를 입은 양반이 한 손에 긴 담뱃대를 들고 나와 수염을 쓰다듬으며 위엄을 보인다. 이어 노랑저고리, 분홍치마에 비녀를 꽂은 소무각시가 나와 춤을 추자 양반이 어울리기를 청한다. 짐짓 거절하던 소무각시는 양반과 어울려 춤을 추었다. 양반이 지쳐 쓰러져도 소무각시는 춤을 계속한다. 이때 푸르뎅뎅한 옷을 입은 시시딱딱이가 손에 칼을 들고 나와 이들의 어울림을 방해한다. 양반이 다시 지쳐 있을 때 시시딱딱이는 소무각시를 유혹하고 소무각시는 그 유혹에 넘어가고 만다. 그러자 양반이 소무각시를 담뱃대로 때린다. 소무각시는 양반의 긴 수염에 목을 감아 죽으려고 한다. 그때서야 양반은 소무각시를 용서하나, 소무각시는 이미 기절하고 만다. 양반은 소무각시를 안고 들어간다. 이윽고 이제까지의 등장인물 모두가 나와서 함께 춤을 추었다. 그러자 관중들도 모두 어울려 춤을 춘다.

대충 이런 이야기의 관노가면희에서의 장면들이 뒤죽박죽
된 꿈이었다. 그리고 베드로인 내가 등장인물이 되었을 때, 장
자마리의 역할인가 양반의 역할인가 시시딱딱이의 역할인가
분명치가 않은 점은 꿈의 한 특성일 것이었다.

그러나 그 여행은 내가 그 성당의 베드로였다는 데서 끝나
고 말았다. 나는, 베드로라는 이름으로 분명히 영세를 받은 적
이 있었다. 그러나 기록은 그 밖의 아무것도 더 가르쳐주지 않
았다. 기록에는 아버지의 인적사항이 아예 빈칸으로만 남아
있었다. 그것은 그때 이미 아버지는 세상을 떠났다는 사실을
의미했다. 눈치채지 않게 빈칸만을 확인한 나는 그것으로 여
행을 끝낼 수밖에 없다고 마음먹었었다. 어떤 햇빛……이 성
당으로 나를 안내해 들어갔지만, 이제 또다시 햇빛의 영검을
믿을 만큼 어리석어서는 안 되었다. 그러기에는 생부에 대해
파악하고 있는 불확실한 정보의 편린은 어둡기만 한 것이었
다. 내가 홀어머니 밑에서 유아영세를 받은 것은 육이오가 일
어나기 한 달 전, 1950년 5월의 일이었다. 그렇다면 나는 태어
나서 사 년이나 지나 유아영세를 받았다. 부모가 신자인 아이
는 태어나자마자 유아영세를 받게끔 되어 있다. 그러나 가톨

릭의 세계에 관한 한 어머니와 나는 적어도 사 년 동안 '헤매는 어린 양'이었음을 알 수 있는 것이다. 이 사실을 다시 풀이해보면 어머니는 육이오가 일어나기 얼마 전쯤 아버지의 죽음을 맞았고, 그 결과 가톨릭에 귀의했다고 할 수 있다. 누구든 충격을 받으면 종교를 생각한다는 점에서 어쩌면 신은 인간을 번롱하고 있는지도 모르는 것이다. 그러나 번롱한다고 여길 틈도 없이 신의 품 안에 들어버린다는 데 인간의 약점이 있는 것이다. 신의 품 안에 들어버린 어머니에게는 과거는 단지 악몽이었을 것이다. 그리하여 그 과거는 은폐되고 인멸되었다. 내 과거도 새로 철저히 빈칸으로 어둠 속에 묻혔다.

"……세요, ……세요."

먼 바다에서 들려오는 파도 소리 같았다. 나는 설핏 잠에서 깨어났다. 어쩌면 먼 별에서 들려오는 소리 같기도 했다. 주위를 휘둘러보았다. 나는 바닷가의 바위틈에 여전히 웅크리고 있었다.

"여보세요. 제 말 안 들려요?"

동행한 여자의 목소리가 파도 소리 속에 바람을 타고 왔다. 나는 옆으로 얼굴을 돌렸다. 그녀의 상반신이 눈에 들어왔다.

"아, 깜빡 잠이 들었던 모양입니다."

나는 웅크렸던 몸을 폈다. 옆구리가 결렸다.

"전 죽은 줄 알았어요. 대답이 영 없길래."

그녀가 예사롭게 말을 던졌다. 그 말에 나는 흠칫 놀랐다.

"아닌 게 아니라 잘 봤습니다."

아직도 몽롱한 의식인 채로 말했다.

"그렇게 깊이 잠드셨던가요?"

"아니, 잠이 아닙니다. 그건 죽음입니다."

나는 완강하게 말했다. 그 순간 이것이 죽음의 세계에서 일어나는 일인지도 모른다는 착각이 들었다.

"하루하루 잠드는 게 죽음의 연습이라는 말이 있긴 하더군요."

그녀의 얼굴은 바위틈에서 미소를 짓고 있었다.

"연습이 아니었습니다."

"그럼 뭐죠?"

"죽음에 무슨 연습이 필요하겠어요."

그럼 이곳은 저승이 아니란 말인가 하고 나는 파도 소리를 귀담아들었다.

"이제 그만 정신을 차리세요. 시간이 꽤 됐어요."

"저는 죽음을 맞이하고……"

바위 모서리를 붙잡고 몸을 일으키자 바다에는 파도가 꽤 높았다. 나는 문득 정신이 맑게 깨어났다.

"파랑주의본가요. 또?"

"주의본 아닌데 아까 그만한 배는 위험하다고 그래요."

그녀는 또다시 알 수 없이 불안해하고 있음이 역력했다.

"정말 죽음을 맞을 준비를 하고 있었습니다……"

나는 참담하게 중얼거리며 바위를 밟고 그녀가 서 있는 쪽으로 옮겨 갔다.

"조심하세요. 바위가 날카로워요. 잠이 덜 깬 모양이니까요."

"여기가 그전에 내가 살아 있던 이승이 확실하다면 잠은 말짱하게 깬 셈입니다."

나는 알 듯 모를 듯한 소리를 여전히 지껄이고 있었다. 바위 틈에 자리를 잡을 때는 몰랐었는데 바위들은 과연 상당히 날카롭게 돋아나 있었다.

"그럼 그때부터 쭈욱 여기에 계셨어요?"

내가 갯바닥에 내려서기를 기다려 그녀가 물었다.

"그랬던가봅니다."

"시간이 많이 흘렀는데, 점심도 걸렀겠네요?"

"그사이에 그렇게 시간이 많이 흘렀습니까? 일도 다 끝냈단 말입니까?"

나는 새삼 놀랐다.

"시계를 보세요. 벌써 시간이 꽤 지났잖아요."

다시금 알 수 없는 미궁 속으로 빠져들고 있다고 생각되었다. 우리는 갯바닥을 벗어나 잔돌이 깔린 바닷가 쪽으로 발길을 옮겼다.

"그런데 파랑주의보가 내렸군요?"

"파도가 높아요."

그녀의 눈이 바다로 향했다.

"아니, 그렇다면 파도가 높지 않았다면 저를 여기 바위틈에 남겨두고 갔을 뻔하지 않았습니까?"

"그랬겠죠. 어디 섬 뒤쪽을 구경하고 계시리라 했겠죠? 방금 전까지 죽음을 이야기하더니 그런 분이 혼자 떨어지는 게 뭐가 그리 큰일이에요?"

"죽음……"

나는 말을 잇지 못했다. 그녀 말대로 어처구니없는 일이었다. 내가 죽음을 꿈꾸었던 것은 거짓말이었던가. 그녀 앞에서는 힘없이 모호해지는 나 자신을 발견하고 나는 서글픈 감회에 휩싸였다.

"도무지 알 수 없어요. 저는 조금 전까지만 해도 전혀 다른 생각에 빠져 있었는데…… 나라는 것 믿을 게 못 되는군요."

"전에 학교 때 정신과에 수습을 할 때였어요. 한 여자가 들어왔는데 뭐든지 터무니없이 자기 나름대로 판단해서 그대로 믿는 거였어요. 다른 사람이 어떤 행동을 하든 그 여자의 눈에는 그 여자의 생각대로만 보이는 거예요. 가령, 가령 말이에요, 우리가 지금 저쪽 바위 쪽으로 같이 걸어가는 걸 그 여자가 보았다고 해요. 우리는 그냥 걷고 있을 뿐인데도 그 여자라면 대뜸 판단을 내렸어요. 우리는 그냥 걷고 있는 게 아니에요. 그게 무엇이든 어떤 위험한 일이…… 극단적인 일이 벌어지고 있는 거예요."

그녀의 말은 잘 알아듣기 힘들었으나 나는 머리를 크게 끄덕이고 있었다.

"아뇨. 왜 그렇게 생각하세요? 그런 점에서 인간은 역시 이기주의자인가봐요. 저는 지금 제 생각이 그렇게 될까봐 무서워하고 있었어요. 죽음이라는 말이 나올 때마다 두려워요. 죽음을 생각해보지 않은 사람은 없겠지만…… 이런 섬에서는 그 말의 감염성이 강하거들랑요. 제게는 한동안 잊고 있었던 것들이…… 아무튼 어디 계신가 하고 찾았어요."

그녀가 바람에 날리는 머리카락을 손으로 쓸어 넘겼다. 조개껍데기가 깔린 바닷가를 파도가 밀려와 크게 부서지고 있었다. 걷는 동안에 우리는 건너편의 또 다른 바위들 앞에 닿아 있었다.

"불안한가요?"

나는 그녀의 안색을 살폈다.

"이젠 더 갈 데가 없군요. 돌아가야지요?"

그녀의 얼굴은 창백했으나 바다로부터 오는 빛을 받아 환하게 빛났다. 그 얼굴을 보는 순간 가슴이 바다의 심연처럼 깊어지는가 하다가 갑자기 끓어올랐다. 숨이 가빴다. 무덤 위에 핀 작은 풀꽃 같은 생명의 욕구가 뜻밖에도 내 우주를 가득 채운다는 느낌이었다.

우리가 와 있는 곳은 섬 뒤쪽이었다. 일부러 오지 않는다면 언제까지나 우리에게 모습을 보이지 않을 곳이었다. 달의 뒤쪽에 와 있는 것처럼 지구에서는 영원히 어둠 속에 묻혀 있을 세계라는 표현이 마땅할 것이었다. 그녀와 나는 어떤 식으로든 이 세상에서 더 이상 나아갈 수 없는 막다른 섬에 실로 이해하기 힘든 기회에 갇히고 만 것이었다. 그러니까 나는 지구의 이곳저곳을 기웃거리고 자신을 극복하지 못해 무분별한 방황을 꾸며낸 끝에 드디어 황량하고 게딱지 같은 섬의 뒤쪽까지 와서 그녀를 만나게 된 셈이었다. 나에게 있어서 그녀의 존재는 무엇이며, 한 남자에게 있어서 한 여자의 존재는 무엇인가. 이렇게 따져보는 것이 그녀에게는 참으로 부질없이, 무의미하게 여겨질지라도 나로서는 결코 섣불리 지나칠 수 없는 것이었다. 그녀와 내가 만난 사실을 그녀는 '손쉬운 우연은 아니로군요' 하고 넘겨버렸었다. 그러나 그것은 우연의 범주에 드는 것이 아니었다. 말하자면 나는 그녀를 찾아 섬에 온 것이었다. 그리고 드디어 찾은 것이었다. 섬은 그런 생각을 이끌어 내려고 뒤쪽을 감추고 있는 모양이었다. 나는 그러므로 무엇인가 스스로 납득할 만한 결말을 보아야 했다. 하지만 또 한편, 그녀의 존재가 내게 부각되어올수록 나는 나로부터 멀어져가는 느낌이었다. 그렇다면 내가 그녀를 찾아 헤맨 사실은 내 삶에 그만큼 집착을 가진 결과라고 해야 할 것인가. 그러나 아직까지는 그렇다고 단정을 내릴 수가 없었다. 죽음을 여전히 조심스럽게 모색하고 있었다고 말해져야 한다. 나는 이 세상으로부터 외톨이가 되고 말았으며, 그런 의미에서 내가 나를 구차스러운 삶에서 죽음으로 구제하지 못하고 있는 것에 분명히 분노를 느끼고 있었다. 그러자 내가 그녀에게 내 문제의 어떤 해결의 열쇠를 바라고 있지 않나 하는 생각이 머리를 스쳤다. 나약하기 그지없는 일이었으나 부인하기는 힘들었다.

나는 그녀와 절해고도에 와 있는 듯싶었다. 어느 사람의 말에 따르면, 근래에 섬의 앞바다에서 난데없이 비행기의 잔해가 발견되어 인양되었는데, 당국의 발표로는 2차 대전 때의 일본군의 단발기(單發機)라는 것이었다. 그게 그물에 걸렸다면서 그는 껄껄 웃었다. 고기가 안 잡히니까 별게 다 걸린다니까. 나는 바오밥나무를 보러 머나먼 아프리카로 갔었다. 그리고 단발기를 타고 한국의 섬으로 왔다. 내가 타고 온 단발기는 바다 깊이 추락해 있었다.

아직 어두워지려면 시간은 남아 있었는데도 섬은 서쪽 기슭으로 뱃길이 트여 있고 그에 따라 마을이 앉아 있어서 벌써 섬 그림자가 무겁게 던져지고 있었다. 나는 높은 파도를 의식하며 바닷가로 내려갔다.

"언젠가 어떤 여자와 섬엘 갔던 기억이 납니다. 무인도랄 거까진 없구요. 물론 살고 있는 사람은 없는 셈이었는데 썰물이 되어 물이 빠지면 육지와 연결이 되곤 하는 작은 섬이었어요. 개펄 위로 다닐 수 있는 외길이 신기하게도 트이는 거였어요.

그 섬 기슭에서 뭣 모르고 있다가 밀물 때를 맞았습니다. 밀물이란 공룡 같은 거대한 초식동물이 풀밭을 소리 죽여 지날 때 같은 소리와 바람을 이끌고 온다는 것을 알았습니다. 놀란 우리는 그 무인도에 고립되지 않기 위해 필사적으로 뛰었습니다. 밀물의 빠르기를 아십니까? 우리들의 뜀박질보다도 밀물은 더 빨랐지요."

나는 그때를 회상할 때마다 우리나라 황해 연안의 이른바 '조석 간만의 차'가 세계적이라는 사실을 납득하곤 했다. 그렇지만 내가 지금 무슨 말을 하려는 것인지 알 수 없었다.

"어떻게, 숙소를 아직 못 마련하셨잖아요?"

"그런 걱정은 하고 싶지 않습니다. 지금처럼 그렇게 있는 게 좋아요."

"구태여 배에 있기를 고집하시는 걸 조금은 이해할 것 같아요."

"여태껏 모든 걸 다 잃어버리고 드디어 섬엘 왔다는…… 막다른 골목이라는 생각이었습니다. 죽음을 찾고 있었다고 해야만 옳을 것 같습니다."

나는 비로소 내가 할 말을 하고 있다고 여겨졌다.

"다른 무엇을 찾아보세요. 찾아질 거예요."

그녀의 말 역시 아득하고 몽롱하게 들려왔다. 나는 무엇인가 구체적인 것을 확인해야겠다는 조바심으로, 숨을 들이켰다. 바닷바람의 소금기가 묻어나면서 그 냄새는 내게 가장 가깝고도 확실한 위안이 되었다.

무인도.

그러나 내가 바로 무인도인 것이었다.

새 한 마리 날아와 깃들지 않는 그 무인도는 파도에 덮여 물밑으로 마악 가라앉으려 하고 있었다.

"내일은 파도가 자얄 텐데요."

그녀의 목소리 또한 아무 희망 없이 꺼져가는 가냘픈 구조신호처럼 들려왔다.

《질문의 책》

　친구가 내게 읽으라고 도서관에서 빌려다 준 책들 중에는 칠레 시인 파블로 네루다의 《질문의 책》이라는 시집이 들어 있었다. 시집의 시들에는 페트라르카, 호세 마르티, 폴 엘뤼아르, 루벤 다리오, 랭보, 위고, 보들레르 등의 문인 이름이 나오고 있었다. 물론 혁명가 게바라도 나오지만, 어쨌든 뜻밖이었다. 언젠가 시인과 우편집배원이 주인공으로 나오는 〈일 포스티노〉였던가 하는 영화를 본 기억도 떠올랐다. 시집에 나오는 문인들에 관한 구절들은 다음과 같았다.

　페트라르카의 한 소네트 속에
　갇혀 있는 파리는 뭘 할까?

호세 마르티는 마리네요 선생에 대해

뭐라고 말할까?

폴 엘뤼아르 동무의 두 눈은

어디 심겨져 있을까?

그의 푸른 책을 썼을 때

루벤 다리오는 초록이 아니었을까?

랭보는 주홍빛이 아니었으며

공고라는 보라색이 아니었을까?

빅토르 위고는 3색?

보들레르가 울 때

그는 검은 눈물을 흘렸나?

　문인들은 각자 하나의 특징으로 표현되고 있었다. 나로서는 대부분 알쏭달쏭한 연결이었으나 보들레르와 검은 눈물은 어느 정도 수긍이 되었다. 호세 마르티의 이름과 함께 그의 동상과 게바라의 벽화가 마주 보는 광장 한가운데 서 있던 쿠바 여행도 새삼스러웠다. 여기저기 뒤져보니 1853년에 태어난 호세 마르티는 쿠바의 영웅이자 라틴아메리카 문학의 중요 인물로서 시인, 수필가, 저널리스트, 혁명 철학자, 번역가, 교수, 출판자, 정치 이론가라고도 했다. 쿠바의 프리메이슨의 일부이기도 한 그는 아바나에서 태어나 일찍부터 정치 활동을 시작하여 스페인, 라틴아메리카, 미국을 고루 여행하면서 쿠바 독립의 지지를 얻어나가다가 1895년 5월 19일 군사 행동 속에서 죽음을 맞았다고 기록되어 있었다.

'사랑하면 희망이 살아난다.'

내 쿠바 여행에서 얻은 말 한마디, 호세 마르티의 이 말은 플래카드에 종종 나타나 구호로 쓰이기도 했다.

그런데 랭보와 주홍빛은 어떻게 되는 것일까. 그의 〈지옥에서 보낸 한철〉에서 '상처 없는 영혼이 어디 있으랴' 같은 구절과 '주홍빛'은 아무래도 거리가 있었다. 내가 그 구절을 처음 읽던 대학 시절의 외로움과 '주홍빛'은 더더구나 걸맞지 않았다. 내게 주홍빛은 밝은 것, 그때 내게서 밝음을 찾기란 쉬운 일이 아니었다. 모두가 밝은 미래를 꿈꾸며 '프레시맨'이 되어 있을 때, 나는 시의 좁은 골목길에서 이것이 막다른 골목 아닐까 머리를 파묻곤 하지 않았던가.

프랑스에 살며 시를 쓰던 젊은 랭보와 에티오피아에 가서 시를 버린 나이 든 랭보의 어디에 주홍빛이 펄럭이고 있는 것일까. 나는 랭보의 발자취를 찾아간 여행기를 읽으며 그것을 발견하려고 눈을 비볐다. 흔히 그가 쓴 〈견자(見者)의 편지〉에서 인용하여 그를 견자라고 일컫는 것을 나는 좋아했다. '견자, 혹은 투시자(VOYANT)'는 도대체 무엇을 보려 한 것일까. 그것은 새로운 세계였다. 새로운 세계란 볼 수 없는 세계이므로 그는 새로운 눈을 뜨고자 한 것이었다. '시인은 그 자신을 추구합니다. 자신 속에 모든 독소를 걸러내어 그 정수만을 간직하려는 것입니다…… 그는 미지에 도달합니다.' 이렇게 편지를 썼을 때, 그는 십칠 세의 소년이었다…… 나는 말줄임표를 붙이며 내 십칠 세를 회상했다. 나는 고등학교 학생으로서 은행잎 노랗게 물들어가는 성균관대학 교정의 백일장에 참가하여 지금은 제목만 겨우 떠오르는 〈손〉이라는 시를 쓰고 있었다…… 그것이 나의 '주홍빛'이었을까.

A 검은색, E 흰색, I 붉은색, U 녹색, O 청색 모음들이여
나는 언젠가 너희들의 잠재된 탄생을 말하리라.

나는 랭보의 시 〈모음들〉의 놀라운 부활을 아이들에게 들려주고 싶었다. 프랑스 말이 아닌, 한글의 '잠재된 탄생'을 통해 삶의 깊은 뜻을 그려 보여주고 싶었다. 그러나 어렵기만 한

랭보의 시와 삶이 아니었던가. 그가 시를 내던지고 아프리카에서 커피와 무기 상인이 된 이야기는 내게는 불가사의한 슬픔이었다. 그 시를 자세히 해석할 능력도 없었으려니와 다리를 자르고 불과 삼십칠 세에 죽어간 최후도 말하기 어려운 비극이었다. 그러므로 그 대신 박목월 시인의 〈윤사월〉을 읊어줄까도 싶었지만, 그 가운데 나오는 '산지기 외딴 집 눈먼 처녀사 문설주에 귀대이고 엿듣고 있다'는 아름답고 애잔한 구절의 '눈먼 처녀'가 그들에게는 걸맞지 않다는 생각이었다. 내 말을 들을 상대가 어떤 면에서든 결핍아들이라는 게 걸림돌이었다.

"선실에서 강의 준비는 잘돼가시나요?"

그녀는 나를 마주칠 때마다 물었다. 물론 안부의 말에 지나지 않는다 해도 나는 정색으로 받아들일 수밖에 없었다.《질문의 책》에서 교양 강좌의 실마리를 찾기는 힘들었다. 아이들에게 말하기는 좀 어렵다고 여겼다. 따라서 내게도 어려웠다. 그러다가 결국은 한하운 시인의 〈개구리〉에까지 이르고 말았다.

가갸 거겨 고교 구규 그기 가.
라랴 러려 로료 루류 르리 라.

개구리의 울음소리를 표현한 것이리라. 그러나 그가 한센병 환자라는 점이 이리저리 걸렸다. '사랑하면 희망이 살아난다'는 뜻을 아무런 복잡한 배경 없이 말해줄 시는 어디에 있는 것일까.

선실, 배의 방은 내가 오래전부터 갖고 싶었던 공간의 하나였다. 그 안에 들어앉으면 나는 미지의 나라를 항하여 먼 항해를 떠나서 나만의 세계를 창조하는 사람이었다. '견자'가 되자면 무엇보다도 고독이 보장되어야 한다. 고독 속에서만 명상은 제 길을 얻는다. 길이 어지러운 명상은 잡념이다. 오징어잡이배도 내게는 그런 공간이 매력이었지만 현실적으로는 내 희망과 동떨어진 게 분명했다. 결코 나만의 공간은 주어지지 않을 것이었다. 오로지 북극성을 지표 삼아 미지의 항해에 나선 사람이 되지 않으면 안 된다.

나는 이제 나만의 완벽한 공간에 이른 것이었다. 그러기 위해서 내 삶은 전쟁을 거쳤고 혁명을 거쳤고 많은 '운동'들을 거치며 죽을 고비도 여럿 거쳤다. 그리고 나만의 먼 항해를 떠나는 마음으로 나를 향해 앉았다. 내가 아이들에게 말해야 할 내용은 무엇일까. 나에게 그런 부탁을 한 계기는 물론 단순한 것일 터였다. 어느 누구도 주목하지 않을 작은 행사일 터였다.

그러나 내게는 그렇지 않았다. 내가 시를 쓴다고 내게 온 기회였으므로 시를 이야기해야 한다. 한글의 시를 이야기해야 한다. 그리고 배의 방을 욱여 나를 가둔 까닭을 밝혀야 한다. 그것으로서 출발의 의미, 새로운 시작의 의미를 다져야 한다. 북극성을 바라보고 미지의 세계를 향해 나의 배를 항해해가는 마음을 말해야 한다.

누군가 사랑하는 소리
가없는 공간에서 별을 부르는 소리
아아야.

＊

밤하늘의 별들을 바라보던 시절이 있었다. 별들이 총총 떠있고 은하수가 길게 흐르던 그런 밤, 별들을 바라보며 앞날의 꿈을 되새겨보는 시간이 함께했다. 내 삶은 하늘의 별들처럼 영롱하게 반짝였다.

"저게 별똥별이란다."

길게 빛을 그으며 떨어지는 것을 보며 말했지만, 이미 사라진 다음이었다. 뒤늦게 빈 하늘을 쳐다보던 눈길은 무엇인지 어리둥절해했다. 나는 다시 또 하늘을 살폈다. 그러나 별똥별은 그리 쉽게 나타나지 않았다. 함께 똑같은 모습을 똑같은 순간에 바라보지 못한다는 것은 사랑이 아니라고 느끼는 아쉬움을 남긴다.

내가 그냥 별들을 바라만 보던 시절뿐만이 아니라 우리 인류가 별을 보며 산길, 바다길, 사막길을 가던 시절이 있었다. 별은 방향을 알려주었다. 별을 바라보며 먼 길을 홀로 가는 구도자가 나였다면…… 나는 상상하며 실크로드의 외로운 길을 떠올렸다.

별똥별은 다른 이름으로 운석이라고 다시 확인한다. 얼마 전에 진주에 운석이 떨어져 그걸 줍느라 온통 야단이 났고, 소동은 지금까지도 계속된다는 것이다. 매스컴에 보도된 바에 따르면 우리나라에 운석이 떨어진 것은 칠십일 년 만이라고 했다. 나이 든 나로서도 살아생전에 처음인 셈이다. 게다가 그 값이 일 그램에 얼마이며, 종류에 따라 매우 비싸질 수도 있다고 했다. 그리고 다른 나라 사람들도 눈독을 들이니까 우리나라에서 확보하기 위해서는 어떤 조치를 해야겠다고도 했다. 가령 천연기념물로 지정하는 문제도 생각하고 있다는 것이었다.

별똥별은 운석이며 또 다른 이름으로 소행성이라고도 했다. 소행성! 나는 별똥별, 별똥별, 해왔으면서도 그게 소행성이라는 데는 생각이 미치지 못했다. 별똥별이란 우주 공간을 날아다니던 소행성들이 지구 가까이 왔다가 중력에 이끌려 지구로 떨어져내리는 것이었다. 지구의 대기권으로 들어와 공기와 마찰을 일으키며 불타는 것이었다. 말하자면 별똥별은 불타는 소행성이었다. 그중에 다 불타지 않고 떨어진 것이 운석이었다. 나는《어린 왕자》의 어느 구절엔가 나오는 소행성이 떠올랐다. 주인공이 온 곳이 B612 소행성이라는 구절이었다. 운석은 소행성으로 바뀌며 새로운 세계로 나를 이끌어갔다. 바오밥나무가 우뚝우뚝 늘어서 있는 먼 길을 걸어오며 꿈꾸던 그 순간들을 다시 내게로 불러들이지 않으면 안 된다. 그렇다면 지구가 새로운 소행성으로 바뀌었다는 생각을 해보면 어떨까. '어린 왕자'가 꿈꾸는 것이 새로운 사랑의 확인이었다면, 지구의 운석을 그렇게 받아들이고 싶었다. 그리고 나는 이날을 위해 지하철 어느 역구내에 내 시 〈사랑의 먼 길〉을 썼다고 믿고 싶었다.

　　먼 길을 가야만 한다

말하자면 어젯밤에도

은하수를 건너온 것이다

갈 길은 늘 아득하다

몸에 별똥별을 맞으며 우주를 건너야 한다

그게 사랑이다

언젠가 사라질 때까지

그게 사랑이다

　　　　　　　　　*

땡, 땡, 땡, 땡, 땡, 땡, 땡.

녹슨 산소통 종을 요란하게 두드리는 소리에 잠에서 깨어
났다. 오랜만에 고깃배가 들어왔군. 또 갈매기 마리나 날아들
겠군. 일어나서 나가볼까 하다가 그냥 누워 있었다. 아니, 그
냥 누워 있는 것이 아니었다. 종소리에 깨어나는 순간부터, 투
명한 빛이 그물 사이로 부어지듯 눈꺼풀 위로 부어지기 시작
했을 순간부터 이대로 죽은 상태의 나였으면 좋겠다고 생각
했던 것이다. 저 두런대고 수선대는 소리를 그대로 들으며 저
세상과 다른 세상에 무심히 누워 있는 유령 같은 것이고 싶다.

몸이 부드럽게 흔들리는 양으로 보아 바다는 지나치게 잔잔하고, 따라서 나는 마치 해먹 위에 누워 있는 것만 같다. 저세상과 문창호지 같은 막을 사이로 현묘(玄妙)한 무의식의 세계에서 저세상 소리를 듣고 싶다는 막연한 뜻과는 달리, 그러나 내 감각은 현실적으로 살아나고 있었다. 가만히 누워 있어도 벌써 눈에는 고기비늘들이 석영처럼 반짝거려오고, 코에는 비린내가 물씬거리는 것이다. 고깃배가 들어오는 것은 마치 붙잡아 길들인 갈매기들에게 먹이를 주려는 것 같다. 그놈들은 먼 바다로 나가 자맥질하여 물고기를 잡아먹지 않아도 살아가는 방법을 알고 있는 것이다. 그렇지. 그러고 보니 어라도에서 와서 내쳐 비몽사몽 사이에서 헤매면서 나는 많은 새들을 꿈꾸고 있었군. 콘도르같이 큰 새에서부터 벌새같이 작은 새에 이르기까지. 새들은 해마다 지브롤터 해협을 거쳐 몇 억 마리씩 유럽과 아프리카를 왕래한다는 말이 맞을까. 밤에 군사용 레이더에 새들이 잡힌다지. 오늘날 지구 위에 살아 있는 새 중에 가장 큰 새인 콘도르를 사로잡는 방법은 의외로 간단했다. 먼저 소금을 잔뜩 집어넣은 고기를 놓아둔다. 그러면 땅에 내려와 그걸 포식한 콘도르는 짠 걸 먹어서 한없이 물을 켠다. 그로써 끝장인 것이었다. 콘도르가 몸이 너무 무거워 날지 못하게 되었을 때 말을 타고 달려가 사로잡는다. 내가 그 장면을 연상하는 것은 배가 고프거나 목이 마르기 때문이겠지.

나는 일어나 기지개를 켜며 밖으로 나갔다. 어김없었다. 갈매기들은 어판장에서 버리는 잔챙이 고기가 잡고기를 쪼아 먹으려고 눈을 동그랗게 치켜뜨고 급선회를 거듭하고 있었다. 그 갈매기가 정확히 말해서 괭이갈매기임을 가르쳐준 것은 그녀였다. 나는 배를 붙잡아 매어놓은 밧줄을 잡아당겨 배를 선착장으로 갖다 붙이고 시멘트 바닥 위로 건너뛰었다.

"안녕하십니까?"

누군가 알은체를 했다.

"네, 안녕하세요?"

건성으로 인사를 마주 나누면서 보니 배 주인이었다. 그는 어판장으로 돌아가고 있는 길인 모양이었다.

"그런데 말입니다. 곧 장마가 진답니다."

그는 내가 그의 집에서 밥도 시켜 먹고 하는 통에 내게 호의를 보이고 있었다. 그러므로 그가 장마 이야기를 하는 것은 나에 대한 배려였다.

"장마가요?"

그가 나의 거취에 관심을 두고 한 말임은 알고 있었다. 그러나 오히려 장마가 지든 어떻든 관심이 없는 쪽은 내 쪽이었다. 장마가 억수로 져서 세상이 온통 물에 잠긴다 한들 걱정할 것이 없었다. 차라리 그렇게 되는 것이 내게는 위안일 것이었다.

"때가 됐지요. 올핸 되레 늦은 편이지요."

그는 말하고는 어판장 안으로 터덜터덜 걸어 들어갔다.

장마가 아니더라도 어디론가 떠나야 함은 너무나 분명한 사실이었다. 다만 목적지가 어디인지를 모르고 있을 뿐이었다. 나는 부스스한 머리를 손으로 긁어내리며 가까운 식당으로 들어갔다.

"국수나 한 그릇 줘요."

그것이 그 식당에서 먹는 마지막 한 그릇이 되리라고 여겼다. 한때 나는 밤 항해를 하는 배를 타고 가다가 흔적도 없이 바닷물에 뛰어들면 어떨까 하는 공상을 하곤 했었다. 이어서 내가 어느새 그 생각에 접근하고 있구나 하는 자각이 왔다. 그런가, 그러자 바깥으로 내다보이는 풍경들이 하나하나 새롭게 보이기 시작했다. 저 하늘과 바다와 배들과 사람들 모두와 왜 더 접근하지 못하고 말았을까. 곧 국수가 나왔고, 나는 내 알 수 없는 삶의 방법과 궤적에 몸서리를 치면서 그것을 먹어치웠다. 지금부터는 하나하나의 몸짓이 모두 마지막 몸짓이 될 것이라고 생각하니 갑자기 첫 무대에 선 배우처럼 스스로가 의식되었다.

인도네시아에서 곰을 키우던 사내의 모습이 떠올랐다. '잘 가시오, 잘 가시오' 하고 그는 변함없이 말하고 있다. 그가 곰을 키우면서 그의 내부에 죽음을 키우고 있었다면 나는 무엇을 키우면서 나의 내부에 죽음을 키우고 있었던 것일까. 그가 결코 죽이지 못할 것을 알면서도 곰을 키웠듯이 나도 결코 어쩌지 못할 것을 알면서도 무엇을 키우고 있었을 것이다. 그것이 무엇일까. 그것은 아마도 나의 태어남에서부터 줄곧 나를 그림자처럼 따라다닌 열패감, 그것이었을 것이다. 그런 의미에서 그는 훨씬 구체적이고 명료했다. 그는 그의 존재의 내막을 일찍이 간파하고 손쉬운 승부를 택했던 것이다. 또한 그런 의미에서 나는 내게 잘못을 저지른 것이었다. 그의 아내와의 밤이 명멸등(明滅燈)처럼 되살아났다. 죽음을 잉태할 것만 같던 불가해한 밤이었다.

자, 그리하여 마침내 내게도 밤 항해의 날은 왔다.

나는 식당에서 나와 어판장 쪽을 바라보았다. 여기서 저곳을 이렇게 바라보는 것도 마지막이라고 생각했다. 교양 강좌라는 숙제를 마치고 어서 떠나지 않으면 안 된다.

＊

택시는 바닷가의 구릉들을 넘어 계속 달렸다. 아스팔트 길의 한옆으로 자줏빛 엉겅퀴 꽃과 노란 달맞이꽃이 무더기로 스쳐 지나갔다. 그리고 아마인유(亞麻仁油)에 방금 갠 인디고 블루의 안료를 서투른 나이프로 갖다 바른 것 같은, 물결이 이는 바다.

"여기가…… 어딥니까?"

집도 몇 채 없는 보잘것없는 바닷가였다.

"죄송해요. 납치하다시피 여기까지 오시게 해서. 서쪽, 그러니까 개발 안 된 쪽의 주민들이 주로 이용하는 부두예요. 읍내의 쾌속정들하고는 완전히 달라요. 근처의 웬만큼 큰 섬들을 거쳐 오는, 말하자면 완행선이라고 할까요. 우연히 이 배편을 알게 된 뒤로 몇 번인가 혼자 탔었죠."

나는 그녀가 그 배에 대해 설명하는 까닭 역시 알 수 없었다.

"하지만 여기 배도 한 척 없고 또 올 가망도 없어 보이는데요?"

"그러니까 말이에요. 그게 여간 맘에 들지 않아요. 그런데 그 배는 어김없이 와요. 주의보만 없으면 배가 바다 저쪽에서 스르르 나타나 닿으면 어디선가 사람들이 꾸역꾸역 모여들죠. 배도, 사람들도 지친 모습이에요. 저녁 어스름에 그걸 보고 있으면 배는 사람들을 싣고 영원히 오지 못할 먼 곳으로 갈 것만 같아 가슴이 저려와요. 2차 대전 때의 기록 영화 같다고나 할까요. 안개 속에 죽음의 항해에 오르는 그런……"

그녀는 나로 하여금 그 장면을 연상시키려고 열심히 설명하고 있었다. 나는 갈피를 잡지 못하고 엉거주춤 서서 배가 닿을 만한 곳을 살폈다.

"이 배를 타야겠다는 충동이 일었어요. 어디론가 갔다가 와야겠다는 충동…… 저는 벌써 몇 번째 이렇게 이 배를 탔었어요. 읍내에서 떠나는 배는 어디론가 막연히 떠난다는 느낌이 전혀 없어요. 알 수 없는 미지의 곳, 아득한 곳…… 그곳으로 이 배는 저를 데려갔다가 데려와요. 여기서 이 배가 가는 곳은 내게는 그 어느 곳이에요."

그녀의 눈길이 먼 곳을 더듬는 듯 허공에 흩어졌다.

"그 어느 곳이요?"

"여기까지 올 때도 저는 혼자이리라 했어요. 아까 길을 걸어 내려가면서도 어디에서도 못 만나게 되기를 바랐다고나 할까요. 그런데 또 동행을 원했어요."

　과연 머지않아 배가 물결을 가르며 유령선처럼 와 닿았다. 상자나 자루를 메고 든 사람들이 줄지어 내린 다음 우리는 불과 대여섯 사람의 승객 중에 끼어 배에 올랐다. 누군가가 호루라기를 불자 배는 퉁퉁거리며 만(灣)을 빠져나갔다. 몇 톤쯤 될까. 어림짐작으로 거의 이백 톤급에 가까울 것 같은 쇠배였다. 그녀를 따라 쇠난간을 밟고 갑판 위에 바다를 향하고 섰다. 물보라가 일면서 안개 같은 포말들이 얼굴에 스쳤다. 그녀가 들려주어서가 아니라 그 배는 어딘가 분위기가 달랐다. 갑판 위에 올라와 있는 몇몇의 사람들 가운데 즐겁게 웃고 떠드는 사람은 하나도 눈에 띄지 않았다. 묵묵히 서서 바다를 하염없이 바라보거나 골똘히 생각에 잠긴 모습이었다. 곶(岬)의 음영도 유난히 짙어 배 자체가 워낙 낡기도 한 데다가 그 어둠마저 깃들고 있는 것이었다. 아닌 게 아니라 배가 만을 빠져나갈 때까지 풍경은 낡은 필름 한 토막을 보는 것 같기도 했다. 배의 기관 소리가 요란함에도 불구하고 그것이 내게는 웬일인지 무성영화의 필름처럼 받아들여졌다. 그녀와 내가 갑판에 서 있는 이 낡은 필름을 뒷날의 누군가 아무 감흥 없이 무심코 돌려볼지도 모른다.

"무슨 생각을 하고 있었습니까?"

내가 먼저 침묵을 깨어야만 했다.

"방금 말이죠? 문득 이런 생각을 했어요. 바다 속에 있는 물고기들도 목말라할 때가 있을 거라고요. 전 참 스스로도 내가 왜 이런 쓸데없는 생각에 빠져 있나 할 때가 많아요."

"물속에 있으면서도 목마른 물고기…… 그것도 알 듯 모를 듯한 수수께끼군요."

"수수께끼도 뭐도 아니에요. 궤변일까요?"

"궤변 아닙니다. 듣는 순간 그런 물고기도 있겠다고 여겼으니까요."

물속에 있으면서도 목마른 물고기…… 그것은 내게 여지없이 적용되는 말이었다. 스스로 나는 그런 꼴이 되고 말았었다. 그러나 그와 같이 적절한 표현을 얻지 못했었다. 그런데 그녀는 한마디로 말하고 있지 않은가. 물론 그녀가 내 상황을 짚어서 말한 것은 아니었다. 그녀가 내 과거의 목마름을 알 리도 없었다. 그러므로 그녀의 말대로 궤변이라고 해도 좋을 것이다. 그러나 아니었다. 나는 놀랄 수밖에 없었다. 이 여자는 확실히 내게 단순한 여자가 아니었다. 내가 밤 항해를 위해 거리를 떠나야 할 시간에 나는 또한 그녀와 함께 저녁 항해를 하고 있는 것이었다. 불가사의하기 짝이 없는 노릇이었다. 어디론가 문득 떠나고 싶다는 감정 상태를 모르는 바는 아니나 그것이 나와 동행이라는 사실도 어떻게 받아들여야 할지 모를 일이었다. 더군다나 그녀는 나를 가까이하는 것이 여간 불편하지 않을 터였다. 그런데도 그녀는 전혀 거리낌 없이 행동하고 있었다. 거리낌이 없는 게 아니라 오히려 나를 찾아와서 동행을 요청했던 것이다. 강릉에 갔을 때부터 우리는 그렇게 알 수 없이 맺어져 있었다. 나는 고개를 갸우뚱거리지 않을 수 없었다.

배가 선착장에 멎자 이미 날은 급히 어두워지고 있었다. 우리는 마치 소개(疏開)되어 온 사람들처럼 배에서 내렸다. 그곳은 정말 구체적인 어느 한 지명을 가진 도시가 아니라 그 어떤 곳, 우리가 몰래 숨어들어온 어떤 곳같이 여겨졌다. 잔교를 지나고 대합실 건물을 빠져나와 광장 한옆에 설 때까지 그녀는 아무 말이 없었다.

"어디로 갑니까? 돌아가는 배 시간을 알고 계십니까?"

나는 얼떨떨한 채로 물었다. 그러나 그녀는 그 물음에는 대답을 하지 않고 광장을 가로질러갔다. 택시를 타려는 모양이었다. 하는 수없이 허적허적 뒤를 따랐다.

그 밤거리는 내게는 마치 밤바다와 같았다. 낯선 거리이기 때문만이 아니었다. 작은 구멍가게에서 비쳐 나오는 불빛들을 야광충의 빛이라고 치자. 끊임없이 들려오는 도시의 소음들을 뱃전에 부딪치는 파도 소리라고 치자. 스쳐가는 사람들의 발짝 소리를 별빛이 바다에 스치는 소리라고 치자. 나는 밤바다를 항해하고 있는 것이었다. 우리는 골목들을 가로지르고 광장을 가로질렀다. 자동차의 불빛이 아무리 비친다 한들 그 밤거리는 마치 밤바다와 같았다.

"돌아가는 배는 새벽에 있어요."

그녀가 마침내 말했다.

"새벽에?"

"네. 아직 채 밝지도 않은 이른 새벽에요."

"그럼 시간이……"

"네. 아직 많이 남았어요."

시계를 보나 마나 자정도 안 되어 있을 터였다. '아직 채 밝지도 않은 이른 새벽'이 동이 트기 전을 말하는 것일까 아니면 해 뜨기 전을 말하는 것일까 잠시 생각해보았지만 그것은 어쨌거나 거의 마찬가지 뜻이었다. 돌아가자면 그 배를 타는 수밖에 없었고, 그러자면 지나치게 많은 시간이 남아 있는 셈이었다.

"어디 가서 술도 한잔하세요. 그리고 여객선 터미널로 가요. 거기 대합실."

그녀는 이미 와본 곳인 듯했다. 그녀가 정해진 순례의 길을 안내하는 사람처럼 말했다.

"거긴 늘 배를 기다리는 사람들이 있어요. 배를 놓치고 잠자리가 마땅치 않은 섬주민들이나 여행을 하는 젊은이들…… 어떤 때는 기타도 치고 노래도 불러요."

나도 대합실에서 몇 번인가 밤 시간을 지낸 적이 있었다. 물론 젊은이들이 기타를 치고 노래를 부르는 경우도 있었다. 그러나 시간이 감에 따라 기타 소리도 멎고 노랫소리도 멎고 외로운 시간이 찾아왔었다. 나는 섬으로 돌아가서 무엇을 하려고 대합실에서 몇 시간 동안 배를 기다려야 하는 것일까. 그 기다림에 생각이 미치자 막막하고도 우울했다. 역 앞 광장의 여름 수은등 불빛은 얼음처럼 차가워 보였다.

그때 내 손안에 와서 잡히는 것이 있었다. 잡히는 것? 잡히는 것이라면 내가 무엇인가 움켜잡으려고 손아귀를 올가미처럼 긴장시켜 있었다는 말이 된다. 그것은 아니었다. 그런데도 그것은 잡히는 것이라고 말할 수밖에 없었다. 그것이 내 손아귀로 와서 나를 잡히게끔 했다고 해도 그랬다. 부드러운 손이었다. 나는 부드러운 손이 이끄는 대로 그날 밤 어느 카페로 가서 술잔을 기울였고, 나중에는 그녀 혼자서 손님들과 어울려 춤까지 추는 장면을 보아주어야 했다.

"세상 마지막 날이면 가장 아름다운 춤을 출 수 있을 것 같아요."

그녀는 몽롱하게 말했다. 나는 가벼운 웃음으로 대답할 수밖에 없었다. 또 다른 그녀를 바라본다는 생각이 머리를 스쳤다.

바오밥나무의 학교

나의 머릿속에서는 영원히 춤추는 여자의 모습이 겹쳐지면서 하나의 환상을 일으키고 있었다. 그 여자는 옷을 입었으나 입지 않은 것과 같았으며 아득한 거리에서 마치 헝가리의 무용곡인 차르다쉬를 춤추고 있는 듯이 보였다. 헝가리는 일찍이 우리와 같은 북방계열 족속인 흉노족이 서쪽으로 밀려가 세운 나라라고 하며 그 말 순서가 서양말과는 달리 알타이 말과 같듯이, 차르다쉬는 동양적인 율동의 춤이었다. 봄날의 아지랑이 속처럼 아른거리는 대기 가운데서 그녀는 그렇게 알 듯도 하고 모를 듯도 한 몸짓으로 춤추고 있었다. 그 춤이 어쩌면 디스코에 지나지 않는다고 하더라도 나는 그렇게 보고 싶었다.

나는 어느덧 항구를 굽어보는 자애원의 입구에 도달해 있었다.

층계를 다 밟고 올라가도록 아무도 눈에 띄지 않았다. 이윽고 빈 금조 새장을 지나치고 있었다. 금조(琴鳥) 학명 Menuva superba 참새목(目) 금조과에 속하는 새. 보통 크기는 뇌조(雷鳥)만 하고, 수컷의 꽁지깃은 16개인데 몹시 길고 간추려 펴면 리라 또는 가야금의 현(絃) 모양임. 대개 목, 날개, 꽁지는 적갈색을 띰. 호주의 특산임. 나는 그 팻말을 판독해 읽으며 3층 건물의 앞에 가서 섰다. 언제나처럼 용설란은 용의 긴 혀를 널름거리고 있었고 난초꽃들은 화려한 빛을 더하고 있었다. 그리 오래전 일이 아니건만 나는 마치 몇 년 전의 어느 여름날 그곳에 왔었다는 생각이 들었다.

나뭇잎 사이로 내려다보이는 항구는 이제 작은 어항(魚缸) 같았다. 어항 속에는 배들과 사람들과 갈매기들이 움직이고 있었다.

"누구십니까?"

나는 돌아보았다. 누구? 내가 누구인지 순간 아무것도 모르겠다는 생각이 들었다.

"네?"

금테안경을 쓴 중년 여자가 현관 앞을 걸어 내려왔다.

"어떻게 오셨는지요?"

살펴보는 여자의 눈매가 날카롭게 빛났다. 나는 어떻게 대답해야 할지 머뭇거리며 이 여자가 원장이로군 하고 직감했다.

"저…… 원장 선생님 되십니까?"

나는 물었다.

"그렇습니다만."

"아, 처음 뵙겠습니다. 교양 강좌를 하게 돼서 한번 와봤습니다. 실은 얼마 전에 친구 소개로 한 번 왔던 적이 있습니다. 여긴 참 별천지 같다는 느낌을 받았습니다. 나무들도……"

나는 말하면서 뚱딴지같은 소리를 늘어놓고 있다고 생각했다. 그곳이 비록 그렇다고 하더라도 내가 해야 할 말은 따로 있었다. 원장도 조금은 어리둥절한 표정을 지었다.

"예에. 뭐 제가 나무들을 좀 좋아해서요. 그런데 그땐 무슨 일로 여길 오셨던가요?"

원장은 주위의 나무들을 둘러보았다.

"네. 친구가 여기 방을 하나 알선해주겠다고 해서 왔었습니다. 며칠 신세를 졌으면 했습니다."

"그랬군요. 얘기는 얼핏 들었던 것 같군요. 좀 앉으세요."

원장이 흰 철제 테이블 쪽을 가리켰다. 우리는 뜰을 가로질러갔다. 나는 누군가가, 아니 그녀가 그 목욕실에서 알몸으로 목욕을 하고 있지나 않을까 확인해보고 싶다는 충동에 사로잡혔다. 그러나 나는 평온을 유지하며 철제 의자에 가서 앉았다.

"어디에 방을 구했나요?"

원장은 무엇인가 알듯 하다는 듯 고개를 끄덕였다. 나는 어디서부터 이야기를 풀어나가야 할지 막막한 생각뿐이었다. 방 이야기로 시간을 허비하고 있을 수는 없는 일이었다.

"마침 묶여 있는 배가 있어서 거기 선실을 빌렸습니다."

원장이 잘 못 알아듣는 것은 당연한 노릇이었다.

"선실을요? 우리 동네에 그런 배가 있는 줄은 미처 몰랐군요. 하기야 낚시꾼들은 작은 배를 타고도 밤을 새우러 나가니깐요."

원장이 비로소 입가에 웃음기를 띠었다. 그 웃음은 내가 이제는 그곳의 방을 얻겠다고 나서지 않으리라는 데서 오는 편안함을 나타내고 있었지만, 그러나 그 얼굴은 내가 찾아온 목적에 대해 여전히 물음을 담고 있었다.

"배에서 바라보면 여기가 보입니다. 숲이 울창하게 우거져서 신비한 느낌을 줍니다. 방 문제가 아니더라도 원장님 계실 때 한 번쯤은 다시 와보리라 했습니다. 요전에는 쫓겨났지만요. 제가 방을 바라지 않는 다음에야 쫓겨날 이유가 없지 않겠습니까."

나는 자꾸만 빙빙 겉돌고만 있었다.

"그야 그렇지요."

원장은 얼굴에 웃음을 머금었다.

"저쪽에 새장이 있는데요. 그건 꽤 오래전부터 비워져 있는 모양이지요?"

나는 손을 들어 그쪽을 가리켰다. 물론 이제는 그 새장이 보이는 그대로 비워져 있는 새장이라고만 생각할 수 없었다. 원장이 아는지 어떤지는 몰라도 그곳은 단순히 빈 공간이 아니었다. 그곳에는 눈에 보이지 않는 새의 그림자, 나아가서는 사람의 그림자가 깃들어 있었다.

"새가 죽어서 그냥 비워뒀지요."

원장은 대수롭지 않게 대답했다.

"왜 죽었습니까? 금조란 귀한 새인 모양인데요."

나는 조심스럽게 접근해갔다. 수컷의 꽁지깃이 몹시 길고 간추려 펴면 리라 또는 가야금의 현(絃) 모양임.

"귀한 새야 귀한 새지요. 그러니까 키우기가 더 까다로운 게 아니겠어요. 한 마리가 먼저 죽고 곧 나머지 것도 죽었습니다."

원장의 말은 내가 접근해 가는 문제에 조금도 도움이 되지 않는 내용을 알려주는 데 지나지 않았다.

"옛날 신라 시대에 외국에서 들여온 앵무새 한 쌍 중에 한 마리가 먼저 죽자 나머지 한 마리가 거울에 제 모습을 비추어 보며 슬피 부딪치곤 하다가 결국 죽었다는 이야기가 삼국유사라는 책에 나옵니다. 그러니까 그 나머지 한 마리가 거울에 비쳐 본 것은 제 모습이 아니라 먼저 간 새의 모습이었을 거라는 생각이 얼핏 드는군요."

그 앵무새 이야기가 왜 문득 떠올랐는지는 알 길이 없었다. 게다가 너무나 오래전에 읽었던 그 이야기에서 먼저 죽은 앵무새가 암컷인지 수컷인지 그것도 아리송하기만 했다. 처음에 그 이야기를 접했을 때는 새들의 암수 사이의 사랑도 그토록 애절하다는 데 제법 감동이 되었었다. 《삼국유사》가 동물학 책이 아니라 더욱 그랬는지도 모른다. 하지만 나는 비로소 그 앵무새의 사랑 이야기가 나중에 남은 놈이 거울에 제 모습을 비추며 몸을 부딪치다가 죽었다는 장면에서 두드러진다는 사실을 깨달았다. 거울이 없었다면 결국 그 앵무새는 그토록 애절하게 죽지는 않았을 것이다.

"글쎄요……"

난데없는 앵무새 이야기에 원장은 말을 흐리며 눈만 껌벅거렸다. 나는 아이들에게 새 이야기를 하고도 싶었다. 그들이 살고 있는 환경 속에서 그들이 보고 있는 사물을 끌어와서 삶의 뜻을 이야기하고 싶었다. 내가 새장을 다시 살핀 까닭이기도 했다. 꽁지를 펴면 가야금의 현 모양임. 이야기의 처음 부분을 삼고 싶은 안내문이었다. 그러나 금조도 앵무새도 거기에 착 달라붙는 대상은 되지 못한다는 생각이었다. 그에 앞서서는 바오밥나무가 떠올랐었다. 《어린 왕자》가 아니라도 바오밥나무와 아프리카를 말하고도 싶었다. 처음 바오밥나무를 보는 순간, 나는 그곳에 나만의 이름을 붙였었다.

'바오밥나무 시인학교'.

나 홀로 그렇게 부르며 나 홀로 시를 쓰는 학교인 셈이었다. 하지만 그것 역시 이름만 거창했지 이렇다 할 소득이 없었다. 나의 '바오밥나무 시인학교'는 이름뿐, 학업 진도가 도무지 없었다. 내가 섬에 와서 그를 만나며 나만의 뜻을 간직했다면 그 '바오밥나무 시인학교'를 버리지 못한 때문이 컸다. 그래서 나의 배의 방 가득 잎사귀가 자라고 있는 것은 한 그루 시의 바오밥나무였다. 나는 그 나무를 싣고 가서 나의 땅에 뿌리내리기 위해 그토록 먼 항해를 하고 있었다.

> 한글의 모음들
> ㅏ ㅑ ㅓ ㅕ ㅗ ㅛ ㅜ ㅣ
> 아침해같이 바알간 ㅏ
> 기쁘게 소리치는 ㅑ
> 출항의 무적 소리 속에 가갸거겨 수기(手旗) 나부끼는
> 바오밥나무 한글학교

시는 여기서 한글과 드나듦이 자유로웠다. 나는 머나먼 나라의 한글학교에도 가본 적이 있었다. 중앙아시아의 발하시 호수를 지나 드넓은 소금 사막을 지나 작은 언덕 밑 마을이었다. 그곳에 한글이 있었다. 한글책이 있었다. 그곳에 선생님이 있었고, 학생들이 있었다. 나는 칠판에 적혀 있는 한글을 읽었다.

> 한글은 아름다운 나라의 아름다운 글
> 우리의 글입니다.

내가 한글로 글을 쓰고 있다는 사실이 거짓말 같았다. 따로

따로 흩어져 있는 자음과 모음들을 가려 모아 하나의 글자를 만들어 생명의 소리를 창조하는 것처럼 어마어마한 일은 없었다. 언젠가부터 글로벌이니 세계화니 떠드는 가운데 한글의 앞날에 대해 세미나가 열리고 한글은 사라질 운명에 있다는 비관적인 논조도 있었다. 그러나 한글이 사라지면 우리들의 운명도 사라진다는 게 내 생각이었다. 황무지의 외진 땅에서도 한글은 학교를 짓고 새로운 생명으로 아름다움을 말하고 있었다. 한글을 쓰는 사람들이 모두 다 사라지고 홀로 남아서 한글을 읽고 쓰는 사람이 나라면? 나는 아득하게 내 마지막 생명을 붙들고 있는 나를 머릿속에 그려 넣었다.

나는 나의 배에 나무 한 그루를 싣고 먼 나라로 가고 있는 나를 꿈꾸었다. 그리고 그 나무 위에 집 몇 채를 짓고 학교를 세운다. 한글을 가르치는 학교. 학교에 아이들이 찾아오면 나무 위에는 작은 마을이 생긴다. 나무 위에 집 몇 채를 그린 장욱진 화백의 그림이 떠올랐다. 그렇다면 화백은 무슨 연유로 그 그림을 그렸을까. 나의 꿈은 그 그림에서 얻어진 연상 작용에 속하는 것일까. 인간의 꿈이 예술에서 영감을 얻는다는 말의 후렴에 속한단 말인가. 그러나 나는 좀 더 구체적인 나무를 내 배에 싣고 있다고 자부했다. 당연히, 바오밥나무가 될 터였다. 내가 아프리카까지 가서 그 나무를 보고, 돌아올 때 여러 나라를 거쳐 온 것도 그 꿈을 영글게 하려는 노력이었다고 믿을 수 있었다. 그동안 나 역시 친구처럼 바오밥나무의 씨앗을 받들고 온 것이었다. 내가 현장법사를 특별히 기억하는 것은 그가 《대당서역기》라는 세계 3대 여행기의 하나를 써서라기보다 귀국할 때 많은 이역 식물들을 가지고 왔다는 행적 때문이었다. 그가 인도에서 중국에 가져와서 한국 땅까지 온 식물 가운데 내 뜰에 피어나는 꽃이 능소화라고 나는 연원을 더듬는다.

나는 밤마다 긴 항해를 한다. 홍길동처럼 율도국을 지나고 중국 정화(鄭和)처럼 아라비아를 지나고 신드바드처럼 오만의 항구에서 깃대를 편다. 한국이 예서 얼마나 머냐고 누군가가 내게 묻는다.

서울이 예서 얼마나 머오?

나의 화두였던 말 한마디. 멀지 않은 곳이 먼 곳이라고 나는 대답한다. 이 세상에서 먼 곳은 없다. 자기 자신이 가장 멀리 있는 것만 안다면, 자기의 사랑이 가장 멀리 있는 것만 안다면, 먼 곳은 달리 없다. 내가 택해서 들어가 누운 배의 방은 가장 멀리까지 나를 데려간다. 그래서 나의 나무는 높은 표상으로 나의 학교를 세운다. 파도 소리 속에 아이들의 낭랑한 목소리가 가까이에서, 아주 가까이에서 들려온다.

ㄱ, ㄴ, ㄷ, ㄹ, ㅁ, ㅂ, ㅅ, ㅇ, ㅈ, ㅊ, ㅋ, ㅌ, ㅍ, ㅎ
ㅏ, ㅑ, ㅓ, ㅕ, ㅗ, ㅛ, ㅜ, ㅠ, ㅡ, ㅣ

한글학교에 대해 어떻게 교양 강좌를 한담? 나는 나무 위에 누워 머리에 팔을 괴고 생각에 잠긴다. 그러자 난데없이 꿈에서 불렀던 노래가 입에서 나지막이 흘러나왔다. 좀처럼 노래를 부르지 않는 성미였다. 이 배는 달 맞으러 강릉 가는 배, 어기야 디여라차 노를 저어라. 나는 고향을 염두에 두고 있는가. 나무 위 한글학교는 내 고향의 풍경으로 꿈꾸는 것인가, 아니면 한글 자체가 고향이라는 뜻인가.

"그럼 교양 강좌 때 뵙겠습니다."

나는 가볍게 목례를 했다.

"그러시지요. 금조에 관심이 있으신가본데 어느 날 새 한 쌍을 기증받았지요. 우리야 살림에 도움이 되는 물건들이 반갑지만 하여튼 고맙지요…… 그게 작년 여름이었어요."

"어떤 사연이라도 있습니까?"

나는 짐짓 물었다. 무엇인가 이야기가 있다는 낌새를 느낀 때문이었다.

"그날 간호사 그이가 여기 한 아이를 입양한 날이었지요. 아이는 아직 한글을 못 읽어요."

원장은 먼 산을 바라보고 회상하며 말했다.

"아이가 아직……"

"그렇죠. 발달이 매우 늦은 장애아지요."

나는 머리가 멍했다. 교양 강좌고 뭐고 내 질서가 어지럽게 헝클어지고 있었다. 그녀에게 무슨 비밀이 있는 것일까. 이웃 도시로 굳이 같이 가자고 해서 춤을 추던 날, 그녀는 내게 무슨 말인가를 하려 했었다는 느낌이 짙었다. 그러나 그것으로 그만이었다. 입양? 쉽게 이야기할 부분이 아니었다. 그렇다면 그녀가 내게 부탁한 교양 강좌는 어떤 내용이기를 바란 것일까. 나는 점점 더 어려워졌다.

친구와 '등대로'에서 술을 마시고 겪었던 일이 떠올랐다. 그 환각의 섬에서 그녀는 한 마리 새였다. 마치 이 모든 일들이 운명적인 어떤 연관을 가지고 내게 다가온 것처럼 여겨져서 나야말로 놀라지 않을 수 없었다. 나는 내 운명의 답답한 테두리에서 벗어나고자 지금까지 무모한 발버둥을 쳐왔다. 그리고 곰곰이 따져 보면 그 발버둥과 함께 나는 줄곧 이상한 새들의 모습이 내 영혼의 하늘에 날아다니고 있는 경험을 하지 않으면 안 되었다. 인도네시아의 가루다도, 신천옹도 하다못해 갈매기도 모두 그냥 새의 모습으로 내게 다가온 것이 아니었다. 고고학 교실에서《삼국유사》속의 앵무새 이야기를 읽던 때는 내가 첫사랑에 빠지던 무렵이었다. 우리들 인생을 하나의 고리로 연결시키는 사건이나 대상이 누구에게나 있어서 그것으로 한 사람의 인생을 축약해볼 수 있다면 내게는 그것은 새라고도 할 수 있을 것 같았다. 이야말로 내게는 새로운 발견이었다. 그리고 바오밥나무의 학교에 그녀가 한 마리 새로서 깃드는 그림을 그려보았다.

이 아이에게 바오밥나무를 알려주세요.
이 아이에게 신드바드를 알려주세요.
이 아이에게 큰 나무의 학교를⋯⋯

어디선가 그녀의 속삭임이 들려왔다.

행사를 앞두고 그녀를 찾아간 건 그 속삭임 때문이라고 해도 좋았다. 그녀는 벌써 조퇴를 하고 없었다. 문득, 세상 마지막 날이면 출 수 있으리라던 가장 아름다운 춤은 어떤 것일까, 보고 싶다는 욕망이 일었다.

나는 그날 밤의 그녀의 모습이 눈에 어른거렸다. 그러고 보니 저것은 단순한 춤이 아니다, 생각했음에 틀림없었다. 아름답고 황홀한 몸부림. 무무(巫舞)와 같은 신들린 춤. 호수 속에 살고 있는 투명한 여자의 춤. 선정적이면서도 절도 있는 춤.

바오밥나무 아래 학교가 열렸다. 인도 시인 타고르도 커다란 나무 아래 학교를 열었다고 했다. 어디 그뿐이랴. 나 역시 그래야만 했다. 떠날 게 아니라 학교를 열어야 했다.

나를 신뢰할 수 있는가. 스스로에게는 매우 곤란한 질문이지만 천칭(天秤)에 달아보면 어렵다는 쪽으로 기울어져야 마땅하다. 나는 바오밥나무를 운운하면서 실은 '마지막'을 획책하고 있지 않았던가. 그녀는 그런 나를 오히려 질타하는 쪽이었다. 내가 '마지막'의 망령에 쫓겨 그녀에게 다가가고 있는 동안 전혀 무구(無垢)한 그녀의 영혼에 그 망령의 그림자를 짙게 드리워주게 되었는지도 모른다는 의혹이었다.

어디로 가야 그녀의 발자취라도 발견할 수 있을지 그야말로 오리무중이었다. 그러나 그녀의 종적은 다른 누구도 아닌 나만이 밝혀낼 수 있고 또 그래야만 한다고 나는 어느 결에 믿고 있었다.

큰 나무 아래 학교를 열리라.

어젯밤까지만 해도 떠나겠다고 굳게 마음먹었던 결심은 어디론가 사라져버렸다. 알 수 없는 노릇이었다. 그녀의 사라짐 때문이라고 해도 좋았다. 그 춤의 환상 때문이라고 해도 할 수 없었다. 어쩌면 바오밥나무의 모습 때문인지도 몰랐다.

그러고 보니 그녀도 어디론가 갔다가 와야겠다는 충동이 일어날 때면 그곳에서 배를 타고 미지의 곳, 아득한 곳으로 갔다오곤 한다고 했다. 저녁 어스름에 배가 사람들을 싣고 영원히 오지 못할 먼 곳으로 갈 것만 같다던 곳. 모든 일이 꿈속에서처럼 아련해졌다.

마지막 날의 춤?

그녀를 찾을 길은 이 암호와 같은 짧은 말밖에 없다고 보아야 했다. 이 믿을 수 없는 사태에 나는 한없이 무력한 존재였다. 꽤 오랫동안 바닷가를 오락가락하던 나는 이윽고 배가 다시 유령선처럼 와 닿고 있는 것을 보았고, 그 배를 타고 도착하는 나를 보았다.

뱃사람은 벌써 밧줄을 걷고 있었다. 호루라기 소리가 급하게 들렸다. 뱃사람이 밧줄을 배에 던지고 열어놓았던 뱃전의 철판 조각을 제자리에 갖다 맞추었다.

뿌우. 뿌우.

뱃고동이 울리고 배가 떠나고 있었다. 갈매기들은 하늘에
그대로 떠 있고 바닷속의 어떤 물고기는 물속에서도 목말라
하겠건만 그 사실이 납득하기 어려웠다. 망설이고 서 있는 순
간에도 그녀가 어디선가 불쑥 나타나 '어머, 여긴 혼자 웬일이
에요?' 하고 소리칠 것만 같았다. 이 도시의 어느 구석에서 그
녀는 영원히 멈추지 못할 춤을 추고 있을지도 몰랐다. 그녀는
해파리의 촉수 속에, 갈매기의 부리 속에, 목마른 물고기의 아
가미 속에, 용설란의 가시 속에, 양란꽃의 빛깔 속에 춤추고 있
듯이 이 도시의 어느 집 굴뚝 위에, 유리창 위에, 빗장 위에, 가
로수의 나뭇등걸 위에, 가로등의 불빛 위에 춤추고 있을 것이
었다.

나는 무작정 걸었다. 그렇게 하면 또한 무작정 걷고 있는 그
녀와 낯선 사람들이 부딪히듯이 만나게 될 수도 있을 것이었
다. 어둠이 짙어지고 불빛들이 여기저기서 아우성을 치기 시
작했다. 이제 하루 일을 끝내고 연인들이 교미하기 위해 만날
시각이었다. 수많은 불빛 아래 수많은 남녀가 짝을 짓고 있다
는 것만큼 신기한 일도 없었다. 나무 위에서는 날짐승들이, 물

밑에서는 물고기들이, 땅 위에서는 사람에서부터 지렁이나 달팽이에 이르기까지 온갖 동물들이 교미하기 위해 짝을 짓는 것이었다. 교미하기 위해 전갈이 꽁무니를 들고 춤추는 모습을 영화로 본 적도 있었다. 많은 동물들의 교미는 엄숙하고 진지한 것이었다. 그렇게 하루에도 수십 억, 수백 억, 수천 억이 넘을 교미가 이루어지고 있는 것이다. 그것은 무시무시한 일이었다.

나는 그녀와 함께 섬을 떠났다가 다시 돌아갔었고, 그리고 또 다시 '마지막'에 대한 아무런 기약 없이 섬을 떠나 낯선 거리에 섰다. 그러므로 나는 차라리 내가 아니기를 바라고 있었다. '나'로서는 아무것도 해결할 길이 없었다. 모두들 자기들의 불을 밝히고 잠들 보금자리가 있고 또 정답게 이야기를 나눌 상대가 있었다.

가로등이 지나가고 가로수가 지나갔다.

사람들과 차들이 지나갔다.

집들이 지나가고 길들이 지나갔다.

그녀는 어디에서도 모습을 나타내지 않았다. 어둠 속에서나마 그녀를 한 번 볼 수만 있다면 마침내 아무 미련 없이 '마지막'을 택할 수 있으리라. 하지만 그녀는 내가 볼 수 없는 곳에서 춤을 추고만 있는 모양이었다.

그녀가 없다는 것뿐만이 아니라 그녀와 함께 이곳에 왔었다는 사실조차도 없었던 일처럼 느껴졌다. 그녀의 존재마저도 가공의 인물 같았다. 아니면 우리는 역시 서로 다른 별에 살고 있는 사람이었는지도 모를 일이었다. 이곳에서 춤추던 그녀는 다른 별에 살고 있는 사람의 그림자에 지나지 않았다. 그녀를 찾아 그곳까지 온 것 자체가 부질없는 일이었다. 그곳이 그녀와 함께 들렀던 장소라고도 믿기 어려웠다. 나는 어디론가 가야 한다고 생각했다. 그러면서도 한동안 엉거주춤 앉아 있다가 한 곡이 끝나기를 기다려 밖으로 나왔다. 어둠이 짙어지고 차들이 질주하고 있었다. 그녀는 섬에 그대로 있을 것이다. 그녀는 이미 그날 밤 그녀 몫의 춤을 다 추었다.

휘익.

낚싯줄을 던지는 소리가 가냘프게 허공을 갈랐다. 청년들은 늘 신통한 조과(釣果)가 없는데도 방파제에 나와 낚시를 던지고는 했다.

휘익.

또 한 사람이 낚싯줄을 힘껏 던졌다. 낚싯줄이 날아 사라진 하늘을 바라보았다. 물새 한 마리가 섬 기슭을 바삐 날아가고 있었다. 무슨 이름의 새일까. 갈매기가 아닌, 처음 보는 새였다. 섬에 날아온다는 천연기념물인 아비일까, 아니면 신천옹일까. 바다새일까 그런 것들도 아닌, 바다비둘기의 일종으로 보였다. 그러자 퍼뜩 어떤 생각이 새 그림자처럼 머리를 스쳐갔다.

이 아이에게 큰 나무의……

벼랑 위에 바오밥나무가 서 있고, 그녀의 목소리가 어디선가 들려왔다.

한시라도 빨리 가서 아이를 만나야 한다. 바오밥나무 우듬지에 한글학교를 열고 아이에게 나의 한글을 가르쳐야 한다. 늘 가장 아름다운 춤을 볼 수 있는 마지막 날이 오늘임을 말해야 한다. 그 마지막 날이란 언제나 계속되는 오늘임을 말해야 한다. 뒤돌아서 내려오는 내게 목소리가 들려왔다.

학교를 열어주세요……

나는 목소리가 들리는 하늘 쪽을 바라보았다.

세계나무의 한글학교를 꿈꾸며

이 소설을 또 다른 소설 《별보다 멀리》의 변형 버전이라고
불러도 좋을까. 글쎄, 몹시 다른 모습이라서 곤란할지 모른다.
그러나 둘은 같은 뿌리를 갖고 있다. 그리고 나는 그 사실을
자연스럽게 받아들인다. 이 소설을 쓰기 위해 내가 대우조선
의 협찬을 받아 조선소로 간 것은 1983년이었다. 그리하여 나
는 이 소설뿐만 아니라 몇 개의 단편들과 메모들을 얻었다. 대
우조선은 내게 기회를 제공하며 무조건의 메세나로 만족한다
고 했다. 소설가는 자기가 경험한 것을 언젠가는 쓰게 될 테며,
그때 굳이 표면에 드러나지 않더라도 어디엔가 깃들여 우러나
게 된다면 충분하게 생각한다는 것이었다. 소설가가 된 지 얼
마 안 된 내게는 그저 놀라울 뿐인 말이었다.

나는 도움을 받았다. 앞에서 말한 '몇 개의 단편' 가운데 하나인 〈팔색조〉라는 작품은 이 전집의 다른 책에 실려 있기도 하다.

그러나 세월이 지나 이 그룹은 해체되어 사라지고 말았다. 하지만 나는 지금까지 고마움을 잊지 못한다. 그룹이 해체되고 그 곁가지인 선재미술관까지 사라졌을 때, 나는 그날들을 위해 그림 한 장을 그렸다. 그것이 내 정표였다. 도대체 우리 풍토에서 그와 같은 메세나는 어떻게 가능했을까.

이 소설은 그때 어느 시설에서 문학 이야기를 하게 된 것을 계기로 씌어졌다. 한 그루 나무를 중심한 모임이 이루어지는 문화는 우리의 정자나무에서처럼 자연스러운 형태라 하겠는데, 그것이 배움터가 되는 것 또한 널리 알려져 있다. 인도 타고르의 학교가 그러하고, 17세의 어린 내가 성균관대학교 명륜당의 커다란 은행나무 아래 백일장에 참가한 것도 그러하다. 그래서 나는 나무를 바라보며 긴 세월 배움을 닦아왔다고 말한다.

그런데 바오밥나무는 어쩐 연고일까. 여기서 내 한글의 국수주의가 발동한다. 바오밥나무는 세계에서 가장 오래 사는 나무로 꼽힌다. 자생지의 그 나무는 나무라기보다 어떤 상징처럼 우뚝우뚝 서 있다. '세계에서 가장 오래 사는 나무를 한글이 지키고 있다'는 의미는 자못 비장하기조차 한데, 한국의 소설가는 그럴 수밖에 없다고 나는 다짐한다. 2015년 한국펜 대회의 '한글의 세계화' 강연에서도 나는 이 점에 역점을 두어 내 시간을 채웠다.

나는 아직도 배에 탄 채로 항해하며 문학으로 나아가고 있다는 생각을 해본다. '별을 바라보며 길을 가는 시대'의 행복이 여전히 내게 있다고 믿어본다.

거대한 한 그루 세계나무의 한글학교로 향하는 꿈이다.

2017년 여름

윤후명

작가 연보

1946년 강원도 강릉에서 태어났다.

1967년 《경향신문》 신춘문예에 시 〈빙하(氷河)의 새〉가 당선되며 시인으로 입
신했다. 그로부터 신춘문예 당선 시인들의 모임인 《신춘시》에 작품을
발표하다가 시 동인지 《70년대》의 창간 동인으로 활동하면서 시인에
의 길에 본격적으로 들어섰다.

1977년 그동안 여러 출판사들을 전전하며 써 모은 시들을 엮어 시집 《명궁(名
弓)》을 문학과지성사에서 펴냈다. 개인적으로 문학적 성과이기도 한
이 시집은, 동시에 문학적 갈증을 유발시켰고, 그 무렵 밀어닥친 가정
사의 문제와 뒤엉켜 소설에의 길을 모색하는 계기가 되었다.

1979년 《한국일보》 신춘문예에 단편소설 〈산역(山役)〉이 당선되며 소설가가
되었고, 이듬해에 다니던 출판사를 그만두고 소설가로서의 삶만을 살
기로 결심했다.

1980년 소설 동인지 《작가》의 창간 동인이 되었다.

1983년 거제도 체류. 중편소설 〈돈황(敦煌)의 사랑〉으로 녹원문학상을 수상했
고, 동명의 표제작으로 첫 소설집을 문학과지성사에서 펴냈다.

1984년 단편소설 〈누란(樓蘭)〉(뒤에 〈누란의 사랑〉으로 개작)으로 소설문학
작품상을 수상했다.

1985년 단편소설 〈엉겅퀴꽃〉과 〈투구게〉를 중편소설 〈섬〉으로 개작, 한국일보
문학상을 수상했다. 소설집 《부활하는 새》를 문학과지성사에서 펴냈다.

1986년 단편소설 〈팔색조〉(소설집에는 〈새의 초상〉으로 수록), MBC 베스트셀러
극장에서 드라마 방영.

1987년 산문집 《내 빛깔 내 소리로》를 작가정신에서, 중편소설 문고 《모든 별
들은 음악소리를 낸다》를 고려원에서 펴냈다.

1988년 중편소설 〈높새의 집〉이 국제 펜 대회 기념 《한국 소설집》에 번역(서지

문 옮김), 수록되었고, 〈모든 별들은 음악소리를 낸다〉가 무용가 김삼
진에 의해 호암아트홀에서 공연되었다.

1989년 소설집 《원숭이는 없다》를 민음사에서 펴냈다.

1990년 장편소설 《별까지 우리가》를 도서출판 둥지에서, 산문집 《이 몹쓸 그
립은 것아》를 동서문학사에서, 장편소설 《약속 없는 세대》를 세계사에
서, 문학선집 《알함브라궁전의 추억》을 도서출판 나남에서 펴냈다.

1992년 장편소설 《협궤열차》를 도서출판 창에서, 장편동화 《너도밤나무 나도
밤나무》와 시집 《홀로 등불을 상처 위에 켜다》를 민음사에서 펴냈다.

1993년 《돈황의 사랑》이 프랑스 출판사 악트 쉬드(Actes Sud)에서 번역(최윤 옮
김)되어 나왔다.

1994년 중편소설 〈별을 사랑하는 마음으로〉로 현대문학상을 수상했다.

1995년 중편소설 〈하얀 배〉로 이상문학상을 수상했다. 한국소설가협회 기
획분과위원회 위원장에 선임되었다. 연세대학교, 동국대학교 국문학
과 강사(~1997년).

1997년 소설집 《여우 사냥》을 문학과지성사에서, 산문집 《곰취처럼 살고 싶
다》를 민족사에서 펴냈고, 한국소설학당을 설립했다.

1998년 추계예술대학교 강사(~2000년).

1999년 단편소설 〈원숭이는 없다〉가 독일에서 나온 《한국 소설집》에 번역(안
소현 옮김), 수록되었다.

2000년 민족문학작가회의 이사로 선임되었다.

2001년 추계예술대학교 문예창작과 겸임교수가 되고(~2003년), 소설집 《가장
멀리 있는 나》를 문학과지성사에서 펴냈다. 한국소설가협회 이사, PEN
클럽 기획위원회 위원으로 선임되었다.

2002년 단편소설 〈나비의 전설〉로 이수문학상을 수상했다. 산문집 《그래도
사랑이다》를 늘푸른소나무 출판사에서 펴냈다. 중편 〈여우 사냥〉이 일
본의 이와나미문고에서 나온 《현대한국단편선》에 번역(三枝壽勝 옮김),
수록되었다. 《대한매일신보》 명예논설위원, 연세대학교 동문회 상임이
사(문화예술분과)로 위촉되었다.

2003년 산문집《꽃》을 문학동네에서 펴냈다.

2004년 소설가협회 중앙위원이 되고, 2005년 독일 프랑크푸르트 도서박람회 주빈국(한국) 출품 도서 '한국의 책 100선'에《돈황의 사랑》이 우리 소설 16편 중 하나로 선정되었다. 동화《두부 도둑》을 자유지성사에서 펴냈다.

2005년 장편소설《삼국유사 읽는 호텔》을 랜덤하우스중앙에서 펴냄과 함께《돈황의 사랑》을《둔황의 사랑》으로(문학과지성사),《이별의 노래》를《무지개를 오르는 발걸음》으로(일송북) 제목을 바꾸고 여러 곳 손을 보아 다시 펴냈다. 프랑크푸르트 도서전을 계기로 독일 순회 낭독회에 참가, 본 대학과 뒤셀도르프 영화박물관에서 작품을 낭송하고 해설하는 행사를 가졌다.《The love of Dunhuang(둔황의 사랑)》(김경년 옮김)이 미국 CCC출판사에서 나왔다. 서울디지털대학교 초빙교수.

2006년《敦煌之愛(둔황의 사랑)》(왕책우 옮김)이 중국에서 나왔다. 국민대학교 문예창작대학원 겸임교수(~현재). 시와 소설 그림집《사랑의 마음, 등불 하나》를 랜덤하우스중앙에서 펴냈다.

2007년 단편소설〈촛불 랩소디〉로 제12회 현대불교문학상을 수상했다. 소설집《새의 말을 듣다》를 문학과지성사에서 펴내고, 이 책으로 제10회 동리문학상을 수상했다.

2008년《21세기문학》편집위원.

　　미술:「티베트의 길, 자유의 길 전」(헤이리 '마음등불')에 참여했다.

2009년 중국 베이징 주중 한국문화원 개원 2주년 기념행사 '한중작가 사인회'(장편《인민을 위해 복무하라》의 중국작가 옌롄커(閻連科)와 미국 LA 한인문인협회 세미나에 참가(강연)했다. 문학 그림집《지심도, 사랑을 품다》를 펴내고(교보문고), 전시회와 낭독회(거제도)를 가졌다.

　　미술:「독도 전」(전국순회전),「어머니 전」(미술관 가는 길),「구보, 청계천을 읽다 전」(청계천 광장, 부남미술관).

2010년 한국소설가협회 부이사장이 되고, 중국 난징(난징대학)과 타이완 타이베이(정치대학) '한국문학포럼'에 참가. 산문집《나에게 꽃을 다오 시간이 흘린 눈물을 다오》를 중앙북스에서 펴냈다. 중편소설 〈하얀 배〉 〈모든 별들은 음악소리를 낸다〉 고등학교 교과서에 수록.

미술: '문인 자화상 전'(신세계갤러리), '한국의 길—제주 올레 전'(제주현대미술관, 포스터 채택), '이상, 그 이상을 그리다 전'(교보문고, 부남미술관선유도), '조국의 산하전'(헤이리 '마음등불'), '한국, 중국, 오스트리아 교류전'(헤이리 아트팩토리).

2011년 《한국소설》 편집주간을 겸임하고, '한국작가총서 문학나무 이 한 권의 책 001' 《사랑의 방법》을 문학나무에서 펴내고 문학교육센터(남산도서관)에서 낭독회를 열었다.

미술; 한일교류전(헤이리 한길아트), '아트로드77'전(헤이리 리앤박 갤러리), 조국의 산하전(광화문 '광' 갤러리)

2012년 육필시집 《먼지 같은 사랑》을 지식을만드는지식에서, 시집 《쇠물닭의 책》을 서정시학에서 펴냄. 제1회 부산 가마골소극장 문학콘서트를 열고, 소설집 《꽃의 말을 듣다》를 문학과지성사에서 펴냄과 함께 첫 개인 그림전시회 '꽃의 말을 듣다'(서울 인사아트센터) 개최. 장편소설 《협궤열차》를 다시 펴내고(책만드는집), 《둔황의 사랑》이 러시아에서 출간됨(박미하일 옮김). 제1회 고양행주문학상 수상.

2013년 세계인문문화축제 '실크로드 위의 인문학, 어제와 오늘'(교육부, 경상북도 주최)에서 '실크로드의 문학' 발표. 시집 《쇠물닭의 책》으로 제4회 만해님시인상 작품상 수상.

2014년 미술; 개인 초대전 '엉겅퀴 상자'(길담서원 갤러리).

2015년 서울대통일평화원 인권소설집 《국경을 넘는 그림자》에 단편 〈핀란드역의 소녀〉 발표. PEN 세계한글작가대회 강연, 강릉 문화작은도서관 명예관장, 토지문학제 명예대회장, 몽블랑 문화예술후원자상 심사위원, 수림문학상 심사위원장, 이상문학상, 산악문학상 외 각종 문학상심사.

현재 문학비단길, 문학나무 고문, 강릉문화작은도서관 명예관장.

윤후명 소설전집 09

바오밥나무의 학교

1판 1쇄 발행 2017년 7월 5일
1판 2쇄 발행 2017년 9월 25일

지은이 · 윤후명
펴낸이 · 주연선

총괄이사 · 이진희
책임편집 · 강건모
편집 · 심하은 백다흠 이경란 최민유 윤이든 양석한
디자인 · 김서영 이지선 권예진
마케팅 · 장병수 박혜화 최수현 김다은
관리 · 김두만 유효정 신민영

(주)은행나무
04035 서울특별시 마포구 양화로11길 54
전화 · 02)3143-0651~3 | 팩스 · 02)3143-0654
신고번호 · 제 1997-000168호(1997. 12. 12)
www.ehbook.co.kr
ehbook@ehbook.co.kr

잘못된 책은 바꿔드립니다.

ISBN 978-89-5660-250-9 04810
ISBN 978-89-5660-996-6 (세트)